在日本留學時攝
(《燃燒的傾訴——郁達夫真性告白》，p.49，學林出版社)

1927 年於上海
(《燃燒的傾訴——郁達夫真性告白》，p.135，學林出版社)

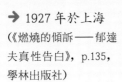

郁達夫

↑ 青年郁達夫

(《燃燒的傾訴——郁達夫真性告白》, p.63, 學林出版社)

↓ 1926 年與創造社同仁，左起王獨清、郭沫若、郁達夫、成仿吾

(《燃燒的傾訴——郁達夫真性告白》, p.41, 學林出版社)

郁達夫與王映霞

(《燃燒的傾訴——郁達夫真性告白》，p.141，學林出版社)

與長兄曼陀（中）二兄養吾（右）

(《燃燒的傾訴——郁達夫真性告白》，p.124，學林出版社)

↑ 1930 年在上海參加文藝座談會與魯迅（前左三）等合影
（《燃燒的傾訴——郁達夫真性告白》，p.101，學林出版社）

↑ 1938 年與郭沫若和美作家思諾
（《燃燒的傾訴——郁達夫真性告白》，p.82，學林出版社）

叢書總論

范銘如

白話文學是中國追求現代性過程裡重要的媒介，也是最顯著的成果之一。隨著現代化需求的加速，中國的知識分子先從科學、技術、制度、機構等等洋務運動的推動，再到西方文明文化思潮的翻譯學習，乃至於對中國傳統進行全面性反思，一系列革命性的變革，自十九世紀中葉發軔，直到二十世紀上半部仍然方興未歇。中國現代化的歷程中觸動傳統思想與文化體系的革新機制，表現在文學層面上，最明顯的就是文學形式與內涵的劇烈變易。不論是語言文字（文言、白話、外來語），抑或者是文類（詩歌、散文、小說、戲劇）以及藝術技巧（寫實主義、浪漫主義、象徵主義）各方面，都開展出具有現代意義的優異成績。這一批歷經現代化狂潮的知識青年，憑仗手中滿溢著救亡圖存熱情的筆桿，寫下中西文化碰撞、新舊秩序轉型時關於國家民族走向的辯證權衡，各種社會現象的觀察針砭、文藝發展理念與實際操練的磨合問題。其中，置身紛亂動盪時代裡個人身分處境的摸索抉擇，甚至生命情感的壓抑抒發，更成為作品裡動人心弦的主題。

從清末至民國，白話文學以及其中寓含的革新、異議精神連綿不絕。現今我們慣以一九一九年的五四愛國運動同時作為現代白話文學的起點，乃是取其象徵性的時間意義。事實上，五四運動只是中國現代化進程裡一個承先啟後的顯著里程碑而已；新文化的醞釀萌發自有其細膩輾轉的過程，而白話文學的發展流變，當然也不是在二〇年代才透露端倪。有鑑於此，本套叢書不以五四之後的作家作品為限，還上溯至二十世紀以前即大力、長期呼籲文化文學革命的梁啓超。這樣的作法，希望一方面強調時代思想變革的漸進式歷程，一方面以梁啓超具備的傳統士大夫及新式知識分子的雙重典範，彰顯現代文學傳統裡新舊文化銜接合流的特質。

整體而言，選入《二十世紀文學名家大賞》的作家都是在現代文學創作上具有獨特貢獻，並且持續保有文學影響力的大家。他們的成就不僅早在文學史上獲得肯定，他們的作品也一再地被選入各種版本的教科書與文學讀本中。一談起新詩，我們總是再別不了徐志摩、聞一多以及戴望舒；一想到散文，腦海裡立刻浮現朱自清、夏丏尊、許地山和梁啓超的背影；提及小說，魯迅、郁達夫和蕭紅的吶喊猶在耳邊。透過文學，他們或者傳達個人對家國社稷的企盼與關懷，又或者抒發個人真摯的情感來表現中國人的現代精神。有的作家個性強烈率直，有人委婉節制；表現於文采上，典雅瑰麗或是質樸清華亦各擅勝場。這些作家作品各因其耀眼的特質，成為文學史上不可或缺的扉頁。

但是耳熟能詳不代表全面理解，有時反而會淪為想當然爾的片面化、刻板化閱讀習慣。此外，兩岸長期以來因為政治體制與文化體系的不同，對作家的評價或作品的評論產生極大的落差，政治立場雷同的大力吹捧甚至神格化，反之則將之醜化甚至從史料中除名，不然就是選擇性地介紹特定類型的作品。這樣的詮釋偏見隨著兩岸的開放交流、文史學者們不斷地辯論修正後已經獲得長足的改善。然而，學術層次上推展出來的看法落實到中學教育層面上的改變，原本就需要長時間的轉化。文學教改的時程卻在當前環境的挑戰下愈顯急迫。姑且不論傳播娛樂的多元刺激或功利導向的社會價值導致文學人口的快速流失，時代的推移不但使得歷史情境、文化脈絡越來越疏遠陌生，連當初所謂的現代白話語彙到今日都有些像文言文那樣的艱澀難懂。在這種種不利的因素下，青年學生即使有心學習也可能不得其門而入。

《二十世紀文學名家大賞》叢書的策劃就是希望能夠以更當代、更全面的選介評析引領年輕學子進入現代文學的殿堂。十位負責編選執筆的專家都是全國各大學中文系所裡的資深教授：洪淑苓教授（臺灣大學中文系）、張堂錡教授（政治大學中文系）、許琇禎教授（臺北市立教育大學語教系）、陳俊啟教授（東海大學中文系）、廖卓成教授（國立臺北教育大學語教系）、趙衛民教授（淡江大學中文系）、劉人鵬教授（清華大學中文系）、蔡振念教授（中山大學中文系）、賴芳伶教授（東華大學中文系）。不僅學養豐富，對於學生知識上的不足與誤解也有長期的觀察了解。本叢書除了對作家廣為傳誦的經典及創作特色再予以深入並系統化的賞析之外，還希望呈現作家更多的文學面向，在讚揚他們的藝術成就、人格道德或時代洞見之餘，也不諱言他們書寫、個性或思維上的局限。回歸到文學的、文化的、人性的、生活的層面，更可深刻地體會到他們如何在紊亂脫序的年代中搏鬥掙扎、矛盾挫折，對於他們的作品也才能夠給予較客觀的評論。

這套叢書以每位文學名家為單獨一冊。每一本作家專輯以其具有代表性的作品為主，每篇作品輔以注釋和賞析，前後則以綜論作家生平與文學風格的〈導讀〉一篇，以及條列式的作家大事〈年表〉。篇幅所致，選入的作品以短篇為主，中長篇則為節錄；另外根據每位作家的藝術表現，對於不同的文類也有不同的比重安排。此套文學大系的出版，三民書局龐大的編輯群們功不可沒。最必須感謝的還是在繁忙課務及研究中還特地抽空耐心編寫專卷的每一位學者。你們的熱忱，讓二十世紀的文學源流汩汩地導入新的世紀。

CONTENT

目次

散・文・卷

「小・說・卷」

導讀

蔡振念

在中國現代文學史上，郁達夫是一位創作豐富，影響深遠的作家，他一生寫了許多轟動一時的小說，風格不同的散文，率直坦誠的日記、書信，以及無數的文論和序跋雜文，有人認為他的舊體詩詞遠紹李杜及晚唐，其成就要比他的新文學高，這當然是各人所見不同的讀者反應。我個人認為郁達夫的舊詩詞雖然典雅優美，但不能有超越唐宋之處，其文字更是用了許多傳統修辭典故，只能說明他舊詩文造詣不錯，卻絕無法和他在新文學上的開創之功相提並論。

郁達夫因為和創造社及左聯、魯迅等人的關係，與許多共產黨文學作家往來頻繁，使得其作品在解嚴之前一直在禁書之列，學術界的研究也付之闕如，這是相當可惜的一件事。因為郁達夫自敘傳式的小說與散文，以及其生平遭遇，表現了相當的複雜性和心理深度，在新文學作家中是極為特殊的例子，既開風氣之先，又影響後來，目前有關郁達夫的研究，皆出自大陸或海外為多。解嚴之後，郁氏作品漸有刊行，但在臺灣仍未出版其全集，誠為憾事。

郁氏早在二、三十年代就是一個極具爭論性的作家，一方面他的作品廣受青年喜愛，有人擬之為中國的佐藤春夫，且他天資過人，博聞強記，二十餘歲即精通英、德、日數種外語，在日本數年，所讀中外小說超出一千種，我們只要看他全集中徵引作家、書籍之多，對古今中西文學之熟悉，就可知其所以折服人之處；但另一方面，郁氏也因其奇特的風格，招徠色情狂和頹廢派的批評，這實在是對他的一種誤解，也是不了解其文學觀和藝術傾向的結果。

郁氏第一本小說《沉淪》出版之後，即刻引起正反兩端的看法，保守派認為是敗壞人心，如蘇雪林者是；欣賞者以為郁氏別有懷抱，並非故意淫誨，如周作人者是。平心而論，《沉淪》模仿歐洲和日本的頹廢作風，並非新創，但在當時中國仍是史無前例，郁氏自言寫小說的動機是在閱讀日、俄作家之餘，也起了動筆的念頭，可見其風格其來有自。

這種頹廢的文學風格，當然也和郁氏個性有關。自來作家都是善感多情的，郁氏尤甚。家族的沒落及身體的多病造成他既自卑又自傲的心理情結（complex），表現為文學中的悲觀、苦悶、憂鬱、多疑，這種個性也影響了他現實的生活，他和孫荃既奉母命成婚，又不能全心去愛，使他對孫荃愛恨交加，不負責任的同時又滿懷愧疚，既已離婚投向王映霞，又時時回故鄉探望，導致王的怨恚。他多疑善感的個性，使他懷疑王映霞紅杏出牆，甚至在刊物上公開發表指責王的《毀家詩紀》十九首，經人調解後，才登報致歉。但和王的個性扞格，終不能挽回這一段情緣，兩人還是宣告仳離。凡此種種，都足徵見郁達夫在文學和現實生活中的複雜性，我們只要看看他日記中所載，他一方面可以和王映霞談心靈之愛，另方面又周旋於上海的眾女，不論已婚或寡居。甚至時時嫖妓，酒館旅舍，好不風流，其靈肉之衝突也應是他憂鬱性格有以致之。

對於郁達夫的小說，評論者大都以為他表現了幾個重要的傾向，一是小說的散文化與詩化，使小說和散文之間的文類界線模糊，不注重故事情節，而訴諸一種情緒和意境，這在中國的確是一種創新，也是新文學對傳統小說的突破，但衡諸西方近代文學，不管是意識流小說或現代主義的作品，情節已不是小說重要的考量，郁氏只是將這樣的表現手法引入中國罷了。二是自傳色彩濃厚，我們從郁氏的作品中發現，郁氏深受盧騷、梭羅、愛默生、尼采、華滋華斯、屠格涅夫等人的影響，這些作家不是浪漫派，就是主張回歸自然，探討人心，表現個性和自我。而郁氏自〈銀灰色的死〉到〈出奔〉，五十篇上下的作品中，屬於自傳小說的不下四十篇，這些主人公，不管是伊文、于質夫、文樸，或第一人稱敘述者「我」，其實都是郁達夫形象的藝術化，小說情節更是歷歷可證，顯示了郁達夫對文學的坦誠和勇氣。三是小說中所創造出來的零餘者形象。這一方面固然是受屠格涅夫《零餘者的日記》之影響，另方面卻也為中國新文學史創造了一種新典型，這點我們會在作品賞析中細論。但郁氏的零餘者和屠氏自有不同，郁氏筆下的零餘者多為孤獨自卑和憤世嫉俗的社會邊緣人，其生理特徵是體弱多病，如〈春風沉醉的晚上〉中的「我」「那時候的身體因為失眠與營養不良的結果，實際上已經成了病的狀態。」〈落日〉中的Y因為病了的神經起了作用，覺得電車上的查票員都在注意他。〈迷羊〉一開篇，敘述者「我」就因腦病在A城休養。〈她是一個弱女子〉中的吳一粟也是患了失眠重症，夫妻分房而睡。可以說郁氏的零餘者不僅是社會的畸零人，也是身心的殘障者。其他小說人物也每每有病在身，尤以肺病為多，如〈南遷〉中的伊人，〈遲桂花〉中的翁則生。〈煙影〉和〈東梓關〉中的文樸咳血，推斷也是肺病，〈離散之前〉的霍斯敬染病住在上海。現實生活中，郁達夫確有肺病，也曾在新婚時感染瘧疾，時時養病鄉間，這也是他小說中角色多是病弱者的原因吧！不過，這種對病態的執著，讓我們想起了西方浪漫派詩人以病為美的特殊審美觀，讀者應該不會忘記，濟慈 (John Keats, 1795–1821) 和他母親皆死於肺病，濟慈詩中的病態美也正是他肺病的迴光。

郁達夫對小說的觀點表現在許多文論之中，如〈關於小說的話〉、〈現代小說所經過的路程〉、〈小說與好奇心理〉、〈戰時的小說〉、〈長篇小說〉以及他各種小說集的序跋題辭，但最重要的，可能是為上課編寫的講義，後來由上海光華書局在一九二六年出版的《小說論》。書分六章，分別論述了現代的小說、現代小說的淵源、小說的目的、小說的結構、小說的人物、小說的背景。其中有小說的技巧論，也有小說的本體論。

在此書中，郁氏注意到中國現代的小說，實際上和西洋小說淵源極深，而現代小說的普及，則因藝術自然進化和教育普及、生活需求之故。小說的藝術價值，在於它表現了真和美，小說作品只要具有真和美的條件，在本質上也就是善的。小說與科學、哲學都在表現人生的真，但科學、哲學是理性之真，小說是情感之真。郁氏認為小說的美是形式上的問題，是修辭的結果，這一點不免有淪入形式主義之嫌，郁氏自己的小說確實是文字優美，尤其描寫自然的段落，但這種美文和作者審美的人生觀照是不可分的。美是形式，但也是內容。

在小說的技巧論上，無論結構、人物塑造、背景，郁氏大都徵引C. Hamilton的*A Manual of the Art of Fiction*，也談不上獨到的見解，可以存而不論。

總而言之，郁達夫小說寫人生的矛盾與愛恨、社會現象的可哀可感，有自敘色彩濃厚的作品，也有以情節取勝的虛構之作，他雖然寫了許多有關小說的文論，但自身的作品，又不是理論可以規範的，誠如他在〈文藝私見〉一文中所言：「藝術是天才的創造物，不可以規矩來衡量。」我們對郁氏的作品，應作如是觀。

至於郁達夫的散文創作，我們將在作品的賞析中詳述，這裡就不贅言了。

【散・文・卷】

海上通信

晚秋的太陽，只留下一道金光，浮映在煙霧空濛的西方海角。本來是黃色的海面被這夕照一烘，更加紅艷得可憐了。從船尾望去，遠遠只見一排陸地的平岸，參差隱約的在那裡對我點頭。這一條陸地岸線之上，排列著許多一二寸長的桅檣細影，絕似畫中的遠草，依依有惜別的餘情。

海上起了微波，一層一層的細浪，受了殘陽的返照，一時光輝起來，颯颯的涼意，逼入人的心脾。清淡的天空，好像是離人的淚眼，周圍邊上，只帶著一道紅圈。是薄寒淺冷的時候，是泣別傷離的日暮。揚子江頭，數聲風笛，我又上了這天涯飄泊的輪船。

以我的性情而論，在這樣的時候，正好陶醉在惜別的悲哀裡，滿滿的享受一場感傷的甜味。否則也應該自家製造一種可憐的情調，使我自家感得自家的風塵僕僕，一事無成。若上舉兩事都辦不到的時候，至少也應該看看海上的落日，享受享受那偉大的自然的煙景。但是這三種情懷，我一種也釀造不成，呆呆的立在齷齪雜亂的海輪中層的艙口，我的心裡，只充滿了一種憤恨，覺得坐也不是，立也不是，硬要想拿一把快刀，殺死幾個人，才肯甘休。這憤恨的原因是在什麼地方呢？一是因為上船的時候，海關上的一個下流的外國人，定要把我的書籍打開來檢查，檢查之後，並且想把我所崇拜的列寧❶的一冊著作拿去。二是因為新開河口的一家賣票房，收了我頭等艙的船錢，騙我入了二等的艙位。

啊啊，掠奪欺騙，原是人的本性，若能達觀，也不合有這一番氣憤，但是我的度量卻狹小得同耶穌教的上帝一樣，若受著不平，總不能忍氣吞聲的過去。我的女人曾對我說過幾次，說這是我的致命傷，但是無論如何，我總改不過這個惡習慣來。

輪船愈行愈遠了，兩岸的風景，一步一步的荒涼起來了，天色也垂暮了，我的怨憤，卻終於漸漸的平了下去。

沫若呀，仿吾、成均呀，我老實對你們說，自從你們下船上岸之後，我一直到了現在，方想起你們三人的孤淒的影子來。啊啊，我們本來是反逆時代而生者，吃苦原是前生注定的。我此番北行，你們不要以為我是為尋快樂而去，我的前途風波正多得很哩！

天色暗下來了，我想起了家中在樓頭凝望著我的女人，我想起了乳母懷中在那裡伊吾學語的孩子，我更想起了幾位比我們還更苦的朋友；啊啊，大海的波濤，你若能這樣的把我吞咽了下去，倒好省卻我的一番苦惱。我願意化成一堆春雪，躺在五月的陽光裡，我願意代替了落花，陷入污泥深處去，我願意背負了天下青年男女的肺癆惡疾，就在此處消滅了我的殘生。

啊啊！這些感傷的詠嘆，只能博得惡魔的一臉微笑，幾個在資本家跟前俯伏的文人，或者將要拿了我這篇文字，去佐他們的淫樂的金樽，我不說了，我不再寫了，我等那一點西方海上的紅雲消盡的時候，且上艙裡去喝一杯白蘭地吧，這是日本人所說的 Yakezake！❷

十月五日七時書

昨天晚上因為多喝了一杯白蘭地，並且因為前夜在 F. E. 飯店裡的一夜疲勞，還沒有回復，所以一到床上就睡著了。我夢見了一個十五六的少女和我同艙，我硬要求她和我親嘴的時候，她回覆我說：

「你若要寶石，我可以給你 Rajah's diamond ❸，
你若要王冠，我可以給你世上最大的國家，
但是這緋紅的嘴唇，這未開的薔薇花瓣，
我要保留著等世上最美的人來！」

我用了武力，捉住了她，結果竟做了一個「風月寶鑒」裡的迷夢，所以今天頭昏得很，什麼也想不出來。但是與海天相對，終覺得無聊，我把佐藤春夫❹的一篇小說〈被剪的花兒〉讀了。

在日本現代的小說家中，我所最崇拜的是佐藤春夫。他的小說，周作人氏也曾譯過幾篇，但那幾篇並不是他的最大的傑作。他的作品中的第一篇，當然要推他的出世作〈病了的薔薇〉，即〈田園的憂鬱〉了。其他如〈指紋〉，〈李太白〉等，都是優美無比的作品。最近發表的小說集《太孤寂了》，我還不曾讀過。依我看來，這一篇〈被剪的花兒〉也可說是他近來的最大的收穫。書中描寫主人公失戀的地方，真是無微不至，我每想學到他的地步，但是終於畫虎不成。他在日本現代的作家中，並不十分流行。但是讀者中間的一小部分，卻是對他抱著十二分的好意的。有一次何畏對我說：

「達夫！你在中國的地位，同佐藤在日本的地位一樣。但是日本人能了解佐藤的清潔高傲，中國人卻不能了解你，所以你想以作家立身是辦不到的。」

慚愧慚愧！我何敢望佐藤春夫的肩背！但是在目下的中國，想以作家立身，非但乾枯的我沒有希望，即使 Victor Hugo❺，Charles Dickens❻，Gerhart Hauptmann❼等來，也是無望的。

沫若！仿吾！我們都是笨人，我們棄去了康莊的大道不走，偏偏要尋到這一條荊棘叢生的死路上來。我們即使在半路上氣絕身死，也同野狗的斃於道旁一樣，卻是我們自家尋得的苦惱，誰也不能來和我們表同情，誰也不能來收拾我們的遺骨的。啊啊！又成了牢騷了，「這是中國文人最醜的惡習，非絕滅它不可的地方」，我且收住不說了吧！

單調的海和天，單調的船和我，今日使我的精神萎縮得不堪。十二時中，足破這單調的現象，只有晚來海中的落日之景，我且擱住了筆，去看 The Glorious Sun-Setting 吧！

十月六日日暮的時候

這一次的航海，真奇怪得很，一點兒風浪也沒有，現在船已到了煙臺了。煙臺港同長崎門司那些港埠一些兒也沒有分別，可惜我沒有金錢和時間的餘裕，否則上岸去住他一二星期，享受一番異鄉的情調，倒也很有趣味。煙臺的結晶處是東首臨海的煙臺山。在這座山上，有領事館，有燈臺，有別莊，正同長崎市外的那所檢疫所的地點一樣。沫若，你不是在去年的夏天有一首在檢疫所作的詩麼？我現在坐在船上，遙遙的望著這煙臺的一帶山市，也起了拿破侖在嫚來娜島上之感，啊啊，飄流人所見大抵略同，——我們不是英雄，我們且說飄流人吧！

山東是產苦力的地方，煙臺是苦力的出口處。船一停錨，搶上來的凶猛的搭客，和售物的強人，真把我駭死，我足足在艙裡躲了三個鐘頭，不敢出來。

到了日暮，船將起錨的時候，那些售物者方散退回去，我也出了艙，上船舷上來看落日。在海船裡，除非有衣攞奈此的小說《默示錄的四騎士》中所描寫的那種同船者的戀愛追逐之外，另外實沒有一件可以慰遣寂寥的事情，所以我這一次的通信裡所寫的也只是落日，Sun setting, Abend Roete, etc., etc.，請你們不要笑我的重複！

我剛才說過，煙臺港和長崎門司一樣，是一條狹長的港市，環市的三面，都是淺淡的連山。東面是煙臺山，一直西去，當太陽落下去的那一支山脈，不知道是什麼名字？但是我想這一支山若要命名，要比「夕陽」「落照」等更好的名字，怕沒有了。

一帶連山，本來有近遠深淺的痕跡可以看得出來的，現在當這落照的中間，都只染成了淡紫。市上的炊煙，也濛濛的起了，便使我想起故鄉城市的日暮的景色來，因為我的故鄉，也是依山帶水，與這煙臺市不相上下的呀！

日光沒了，天上的紅雲也淡了下去。一陣涼風吹來，忽使人起了一種莫名其妙的哀感。我站在船舷上，看看煙臺市中一點兩點漸漸增加起來的燈火，看看甲板上幾個落了伍急急忙忙趕回家去的賣物的土人，忽而索落索落的滴下了兩粒眼淚來。我記得我女人有一次說，小孩子到了日暮，總要哭著尋他的娘抱，因為怕晚上沒有睡覺的地方。這時候我的心裡，大約也被這一種 Nostalgia 籠罩住了吧，否則何以會這樣的落寞！這樣的傷感！這樣的悲愁無著處呢！

這船今晚上是要離開煙臺上天津去的，以後是在渤海裡行路了。明天晚上可到天津。我這通信，打算一上天津就去投郵。願你與婀娜和小孩全好，仿吾也好，成均也好，願你們的精神能夠振刷；啊啊，這樣在勉勵你們的我自家，精神正頹喪得很呀！我還要說什麼！我還有說話的資格麼！

十月七日晚八時煙臺艙中

不知在什麼時候，我記得你曾說過，沫若，你說：「我們的拿起筆來要寫，大約是已經成了習慣了，無論如何，我此後總不能絕對的廢除筆墨的。」這一種馮婦❽之習，不但是你免不了，怕我也一樣的吧。現在精神定了一定，我又想寫了。

昨天船離了煙臺，即起大風，船中的一班苦力，個個頭上都淋成五色。這是什麼理由呢？因為他們都是連綿席地而臥，所以你枕我的頭，我枕你的腳。一人吐了，二人就吐，三人四人，傳染過去。鋌而走險，急不能擇，他們要吐的時候就不問是人頭人足，如長江大河的直瀉下來。起初吐的是雜物，後來吐黃水，最後就赤化了。我在這一個大吐場裡，心裡雖則難受，但卻沒有效他們的顰，大約是曾經滄海的結果，也許是我已經把心肝嘔盡，沒有吐的材料了。

今天的落日，是在七十二沽的蘆草上看的。幾堆泥屋，一灘野草，野草裡的雞犬，泥屋前的穿紅布衣服的女孩，便是今日的落照裡的風景。

船靠岸的時候，已經是夜半了。二哥哥在埠頭等我。半年不見，在青白的瓦斯光裡他說我又瘦了許多。非關病酒，不是悲秋，我的瘦，卻是杜甫之瘦，儒冠之害呀！

從清冷的長街上，在灰暗涼冷的空氣裡，把身體搬上這家旅店裡之後，哥哥才把新總統明晚晉京的話，告訴我聽。好一個魏武之子孫，幾年來的大願總算成就了，但是，但是只可憐了我們小百姓，有苦說不出來。聽說上海又將打電報，抬菩薩，祭旗拜斗的大耍猴子戲。我希望那些有主張的大人先生，要幹快幹，不要虛張聲勢的說：「來來來！幹幹幹！」因為調子唱得高的時候，胡琴有脫板的危險。中國的沒有真正革命起來的原因，大約是受的「發明電報者」之害喲！

幾天不看報，倒覺得清淨得很。明天一到北京，怕又不得不目睹那些中國特有的承平新氣象，我生在這樣的一個太平時節，心裡實在是怕看這些黃帝之子孫的文明制度了。

夜也深了，老車站的火車輪聲，也漸漸的聽不見了，這一間奇形怪狀的旅舍裡，也只充滿了鼾聲。窗外沒月亮，冷空氣一陣一陣的來包圍我赤裸裸的雙腳。我雖則到了天津，心裡依然是猶豫不定：

「究竟還是上北京去作流氓去呢，還是到故鄉家裡去作隱士？」

「名義上自然是隱士好聽，實際上終究是飄流有趣。等我來問一個諸葛神卦，再決定此後的行止吧！

敕敕敕，弟子郁，……

……

……

十月八日夜三時書於天津的旅館內

注釋

❶列寧　全名為Vladimir Ilyich Lenin (1870–1924)，俄國前共產黨領導人，創立布爾什維主義(Bolshevism)。父親為公務員，哥哥因為參與亞歷山大三世謀殺案於一八八七年被處死，列寧因而投身革命，他在聖彼得堡大學的法律學位也因參與革命被放逐而中輟，轉而潛心研究馬克斯(Karl Marx, 1818–1883)思想，在二次放逐西伯利亞後，於一九〇〇年離開俄國，在海外從事革命。一九〇五年，俄國第一次革命，列寧返國，旋於一九〇七年再次去國。一九一七年，俄國二次革命，列寧在德國的幫助下，自瑞士越過德國，經瑞典祕密回到俄國，七月，列寧所領導的布爾什維克黨暴動未成，被迫出走芬蘭。十月，布黨推翻Kerensky所領導的政

府，取得政權。列寧與托洛斯基 (Trotsky) 和史達林 (Stalin) 成為實際的領導人，開始實施共黨主義，土地、財產、銀行收歸國有。一九一九年，列寧創立第三國際，進行世界革命。一九二一年，實行新經濟政策，允許部分私有制。直到去世前，他一直是共產黨政治局委員和人民委員會主席。

❷Yakezake　日語，やけざけ，意為燒酒。

❸Rajah's diamond　英文，拉甲的鑽石。拉甲係印度貴族、酋長等統稱。

❹佐藤春夫　日本作家，以寫世紀末頹廢情調的私小說著名，一九二七年七月十二日，佐藤春夫與妻子及姪女佐藤智慧子三人到上海，郁達夫即去旅館探望，陪他們玩了半夜，此後，幾乎每天都見面，並在七月二十四日陪同到杭州，見了王映霞，一行人暢遊西湖，直到七月二十六日才回到上海，拜訪內山書店主人內山完造，得知芥川龍之介去世的消息。郁達夫作品受佐藤影響不少，可參見伊藤虎丸論文〈佐藤春夫與郁達夫〉及郁達夫〈厭炎日記〉。

❺Victor Hugo　通譯為雨果 (1802–1885)，法國浪漫運動主要詩人、小說及劇作家。曾於一八四八年被選為國會議員，隨於一八五一年離開巴黎，直至一八七〇年重返，再度被選為第三共和參議員。雨果在一八四一年獲選入法蘭西學院，他主要詩集包括了《頌歌及民謠集》(*Odes et Ballades*, 1826)，《東方》(*Les Orientales*, 1829)，《心聲》(*Les Voix intérieures*, 1837)，《世紀傳說》(*La Légende des siècles*, 1859–1883)。劇作包括《克倫威爾》(*Cromwell*, 1827)，《巴黎聖母院》(*Notre-Dame de Paris*, 1831)，《悲慘世界》(*Les Misérables*, 1862)。他小說作品也不

少，較著名者如《海上工人》(*Les Travailleurs de la Mer*, 1866) 等。

❻ Charles Dickens　通譯為狄更斯 (1812–1870)，生於英國普茲茅斯，父為海軍雇員，後因負債繫獄，他因此在十二歲幼齡至塗料倉庫工作，這段童年經驗成了他後來許多小說的靈感和題材，如《塊肉餘生錄》(*David Copperfield*, 1950)。後來他陸續做過辦公室小弟，學習速記成為記者。一八三七年，狄更斯發表《孤雛淚》(*Oliver Twist*)，一八四二年，他和妻子 Catherine Hogarth 訪問美國，大受歡迎，趁機宣揚解放奴隸制度。一八四三年，出版《耶誕聖歌》(*A Christmas Carol*) 後於次年訪問義大利，一八四六年訪問瑞士。一八五九年出版《雙城記》(*A Tale of Two Cities*)，一八六一年出版《大期望》(*Great Expectations*)。一八六七年至一八六八年，狄氏二度訪美，到處朗誦自己的作品。返英後，猝死於一八七〇年。狄更斯生前甚受各階層歡迎，維多利亞女王和杜思妥也夫斯基 (Fyodor M. Dostoevsky, 1821–1881) 對他都甚推崇，但一直要到二十世紀，他的作品才引起學院的重視，聲譽日隆。

❼ Gerhart Hauptmann　通譯為郝普曼 (1862–1946)，德國劇作家，早期作品如《日昇之前》(*Vor Sonnenaufgang*, 1889)，《織工》(*Die Weber*, 1892) 為德國自然主義代表作，此後轉向象徵主義，偶有作品回歸寫實主義，郝氏於一九一二年獲諾貝爾文學獎。

❽ 馮婦　古時善於搏虎的男子。典出《孟子・盡心》下，後指重操舊業的人。

賞析

本文發表於一九二三年十月二十日《創造》週報二十四號。這年五月，《創造》週報創刊，郁達夫任編輯。八月，北京大學原任統計學的教師陳啟修要赴俄講學，推薦郁達夫擔任接替他課程的講師，郁氏因上海泰東書局連薪水都不付給他們，意欲接受，但郭沫若以北京文壇門戶之見深重，郁達夫又是創造社的支柱，反對郁氏北上，最後成仿吾支持郁北上，他才於十月五日自上海搭船赴京，海行途中，寫成〈海上通信〉。

郁達夫雖以小說名世，但其散文作品亦質量可觀，與同時代散文名家可以並駕齊驅，他曾和周作人為上海良友圖書公司編選《中國新文學大系》(1917–1927) 中的兩冊散文。

除了抒情記事的純粹散文外，郁氏也有不少議論散文如政論、文論以及雜文如自傳、書信、序跋、日記等。即使就純粹抒情散文來看，其創作的數量亦和小說不相上下。

郁達夫對散文的看法，可從他在《中國新文學大系・散文二集・導言》中探知：

「現代散文之最大特徵，是每一個作家的每一篇散文裡所表現的個性，比從前的任何散文都來得強。古人說，小說都帶些自敘傳的色彩的，因為從小說的作風裡、人物裡可以見到作者自己的寫照，但現代的散文，卻更是帶有自敘傳的色彩了，我們只消把現代作家的散文集一翻，則這作家的世系、性格、嗜好、思想、信仰，以及生活習慣等等，無不活潑地顯現在我們的眼前，這一種自敘傳的色彩是什麼呢，就是文學裡所最可寶貴的個性的表現。」接著他又引 C. T. Winchester 在 *A Group of English Essayists* 評論集的序言說，像赫茲立 (Hazlitt)、蘭姆 (Lamb)、昆西 (De Quincey)、威爾遜 (Wilson) 諸人所寫的散文，主題都從自己的經驗取材，以見中外現代散文對個性的注重。五四一代散文重視個人的抒情，當然和當時個人的發現有關，那一代的文學，也就是周作人所強調的人的文學，以有別於傳統以載道為主的文學。林語堂也提出所謂個人文體 (personal style) 的說法，強調的無非是散文的個性，所以郁氏會特別強調散文的自敘傳色彩。

郁達夫純粹散文可分為兩大類：一為充分表現其敏感、憂鬱、悲觀色彩、自傳性強烈的作品，創作時間較早；一為以寫自然風光為主的記遊作品，大都寫於創作後期。

郁氏最早的散文是寫於一九二一年的〈鹽原十日〉，以日文寫成。捨此不計，第一篇中文作品是次年從日本回國後所作之〈歸航〉，描寫離開滯留十年，對日本既悲哀又憤恨的感情，也摻雜了生活在這島國、度過青春歲月的複雜感受，如同這一時期的小說一樣，〈歸航〉也表現了性的壓抑和苦悶。

〈歸航〉之後，郁氏又有〈還鄉記〉、〈還鄉後記〉寫他從上海回到富陽老家路上的心情感受，除了對所見社會問題的揭露外，二文在情緒上仍是郁氏慣有的灰色，〈還鄉後記〉末尾，寫到自己回家後和妻子相對而泣，似乎前程黯淡、甚至想出許多謀自盡的方法。這和其後的〈零餘者〉、〈一個人在途上〉同樣表現出早期作品的感傷主義(sentimentalism)色彩，讀者也許要質疑，一個男子何以如此遇事則涕泣以對，但這正是郁達夫，正是他的個性。這些文章，也都和小說〈蔦蘿行〉一般，寫出了郁氏對個人命運、遭遇及家庭生活、婚姻的消極與愛憎矛盾。這當然也是因為郁達夫返國之後，職業不定、家人離散、轉徙異鄉、謀生困窘，另一方面，只能說是作家天生的氣質和秉賦，因為同在逆境中，許多作家並不作悽苦之言，如歐陽脩、蘇東坡者是。

〈海上通信〉一文屬於早期的散文作品，是一篇和文學膩友間的書信，同性質的作品還有〈北國的微音〉、〈給沫若〉等，都是郁達夫在一九二三年應聘北京大學，離開上海，寫給創造社同仁的。文章中表現了對朋友的思念、對妻兒的不忍、對前途的徬徨，也有對自然風光、沿路景物的描寫，更不乏對現實的不滿和對社會的控訴。儘管文章性質是人際間的書信，我們仍可感受到郁氏慣有的傷感。

一個人在途上

在東車站的長廊下，和女人分開以後，自家又剩了孤零丁的一個。頻年飄泊慣的兩口兒，這一回的離散，倒也算不得什麼特別。可是端午節那天，龍兒剛死，到這時候北京城裡雖已起了秋風，但是計算起來，去兒子的死期，究竟還只有一百來天。在車座裡，稍稍把意識恢復轉來的時候，自家就想起了盧騷❶晚年的作品《孤獨散步者的夢想》頭上的幾句話：

自家除了己身以外，已經沒有弟兄，沒有鄰人，沒有朋友，沒有社會了。自家在這世上，像這樣的，已經成了一個孤獨者了。……

然而當年的盧騷還有棄養在孤兒院內的五個兒子，而我自己哩，連一個撫育到五歲的兒子都還抓不住！

離家的遠別，本來也只為想養活妻兒。去年在某大學的被逐❷，是萬料不到的事情。其後兵亂迭起，交通阻絕，當寒冬的十月，會病倒在滬上，也是誰也料想不到的。今年二月，好容易到得南方❸，靜息了一年之半，誰知這剛養得出趣的龍兒又會遭此凶疾的呢？

龍兒的病報，本是在廣州得著，匆促北航，到了上海，接連接了幾個北京來的電報。換船到天津，已經是舊曆的五月初十。到家之夜，一見了門上的白紙條兒，心裡已經是跳得慌亂，從蒼茫的暮色裡趕到哥哥家中，見了衰病的她，因為在大眾之前，勉強將感情壓住。草草吃了夜飯，上床就寢，把電燈一滅，兩人只有緊抱的痛哭，痛哭，痛哭，只是痛哭，氣也換不過來，更哪裡有說一句話的餘裕？

受苦的時間，的確脫煞過去得太悠徐，今年的夏季，只是悲嘆的連續。晚上上床，兩口兒，哪敢提一句話？可憐這兩個迷散的靈心，在電燈滅黑的黝暗裡，所摸走的荒路，每會湊集在一條線上；這路的交叉點裡，只有一塊小小的墓碑，墓碑上只有「龍兒之墓」的四個紅字。

妻兒因為在浙江老家內，不能和母親同住，不得已，而搬往北京當時我在寄食的哥哥家去，是去年的四月中旬。那時候龍兒正長得肥滿可愛，一舉一動，處處教人歡喜。到了五月初，從某地回京❹，覺得哥哥家太狹小，就在什剎海❺的北岸，租定了一間渺小的住宅。夫妻兩個，日日和龍兒伴樂，閑時也常在北海的荷花深處，及門前的楊柳蔭中帶龍兒去走走。這一年的暑假，總算過得最快樂，最閑適。

秋風吹葉落的時候，別了龍兒和女人，再上某地大學去為朋友幫忙，當時他們倆還往西車站去送我來哩！這是去年秋晚的事情，想起來還同昨日的情形一樣。

過了一月，某地的學校裡發生事情❻，又回京了一次，在什剎海小住了兩星期，本來打算不再出京了，然礙於朋友的面子，又不得不於一天寒風刺骨的黃昏，上西車站去趁車。這時候因為怕龍兒要哭，自己和女人，吃過晚飯，便只說要往哥哥家裡去，只許他送我們到門口，記得那一天晚上，他一個人和老媽子立在門口，等我們倆去了好遠，還「爸爸！」「爸爸！」的叫了好幾聲。啊啊，這幾聲慘傷的呼喚，便是我在這世上聽到的他叫我的最後的聲音！

出京之後，到某地住了一宵，就匆促逃往上海。接續便染了病，遇了強盜輩的爭奪政權，其後赴南方暫住，一直到今年的五月，才返北京。

想起來，龍兒實在是一個填債的兒子，是當亂離困厄的這幾年中間，特來安慰我和他娘的愁悶的使者！

自從他在安慶生落地以來，我自己沒有一天脫離過苦悶，沒有一處安住到五個月以上。我的女人，也和我分擔著十字架的重負，只是東西南北的奔波飄泊。然當日夜難安，悲苦得不了的時候，只教他的笑臉一開，女人和我，就可以把一切窮愁，丟在腦後。而今年五月初十待我趕到北京的時候，他的屍體，早已在妙光閣的廣誼園地下躺著了。

他的病，說是腦膜炎。自從得病之日起，一直到舊曆端午節的午時絕命的時候止，中間經過有一個多月的光景。平時被我們寵壞了的他，聽說此番病裡，卻乖順得非常。叫他吃藥，他就大口的吃，叫他用冰枕，他就很柔順的躺上。病後還能說話的時候，只問他的娘：「爸爸幾時回來？」「爸爸在上海為我定做的小皮鞋，已經做好了沒有？」我的女人，於惑亂之餘，每幽幽的問他：「龍！你曉得你這一場病，會不會死的？」他老是很不願意的回答說：「哪兒會死的哩？」據女人含淚的告訴我說，他的談吐，絕不似一個五歲的小孩兒。

未病之前一個月的時候，有一天午後他在門口玩耍，看見西面來了一乘馬車，馬車裡坐著一個戴灰白色帽子的青年。他遠遠看見，就急忙丟下了伴侶，跑進屋裡去叫他娘出來，說：「爸爸回來了，爸爸回來了！」因為我去年離京時所戴的，是一樣的一頂白灰呢帽。他娘跟他出來到門前，馬車已經過去了，他就死勁的拉住了他娘，哭喊著說：「爸爸怎麼不家來呀？爸爸怎麼不家來呀？」他娘說慰了半天，他還盡是哭著，這也是他娘含淚和我說的。現在回想起來，自己實在不該拋棄了他們，一個人在外面流蕩，致使他那小小的心靈，常有這望遠思親的傷痛。

去年六月，搬往什剎海之後，有一次我們在堤上散步，因為他看見了人家的汽車，硬是哭著要坐，被我痛打了一頓。又有一次，也是因為要穿洋服，受了我的毒打。這實在只能怪我做父親的沒有能力，不能做洋服給他穿，雇汽車給他坐。早知他要這樣的早死，我就是典當強劫，也應該去弄一點錢來，滿足他這點點無邪的欲望。到現在追想起來，實在覺得對他不起，實在是我太無容人之量了。

我女人說，瀕死的前五天，在病院裡，他連叫了幾夜的爸爸！她問他：「叫爸爸幹什麼？」他又不響了，停一會兒，就又再叫起來；到了舊曆五月初三日，他已入了昏迷狀態，醫師替他抽骨髓，他只會直叫一聲「幹嗎？」喉頭的氣管，咯咯在抽咽，眼睛只往上吊送，口頭流些白沫，然而一口氣總不肯斷。他娘哭叫幾聲「龍！龍！」他的小眼角上，就會迸流些眼淚出來，後來他娘看他苦得難過，倒對他說：

「龍！你若是沒有命的，就好好的去吧！你是不是想等爸爸回來？就是你爸爸回來，也不過是這樣的替你醫治罷了。龍！你有什麼不了的心願呢？龍！與其這樣的抽咽受苦，你還不如快快的去吧！」

他聽了這一段話，眼角上的眼淚，更是湧流得厲害。到了舊曆端午節的午時，他竟等不著我的回來，終於斷氣了。

喪葬之後，女人搬往哥哥家裡，暫住了幾天。我於五月十日晚上，下車趕到什剎海的寓宅，打門打了半天，沒有應聲。後來抬頭一看，才見了一張告示郵差送信的白紙條。

自從龍兒生病以後連日夜看護久已倦了的她，又哪裡經得起最後的這一個打擊？自己當到京之夜，見了她的衰容，見了她的淚眼，又哪裡能夠不痛哭呢！

在哥哥家裡小住了兩三天，我因為想追求龍兒生前的遺跡，一定要女人和我仍復搬回什剎海的住宅去住它一兩個月。

搬回去那天，一進上屋的門，就見了一張被他玩破的今年正月裡的花燈；聽說這張花燈，是南城大姨媽送他的，因為他自家燒破了一個窟窿，他還哭過好幾次來的。

其次，便是上房裡磚上的幾堆燒紙錢的痕跡！係當他下殮時燒給他的。

院子裡有一架葡萄，兩棵棗樹，去年採取葡萄棗子的時候，他站在樹下，兜起了大褂，仰頭在看樹上的我。我摘取一顆，丟入了他的大褂兜裡，他的哄笑聲，要繼續到三五分鐘。今年這兩棵棗樹，結滿了青青的棗子，風起的半夜裡，老有熟極的棗子辭枝自落。女人和我，睡在床上，有時候且哭且談，總要到更深人靜，方能入睡。在這樣的幽幽的談話中間，最怕聽的，就是這滴答的墜棗之聲。

到京的第二日，和女人去看他的墳墓。先在一家南紙鋪裡買了許多冥府的鈔票，預備去燒送給他。直到到了妙光閣的廣誼園塋地門前，她方從嗚咽裡清醒過來，說：「這是鈔票，他一個小孩如何用得呢？」就又回車轉來，到琉璃廠去買了些有孔的紙錢。她在墳前哭了一陣，把紙錢鈔票燒化的時候，卻叫著說：

「龍！這一堆是鈔票，你收在那裡，待長大了的時候再用，要買什麼，你先拿這一堆錢去用吧！」

這一天在他的墳上坐著，我們直到午後七點，太陽平西的時候，才回家來。臨走的時候，他娘還哭叫著說：

「龍！龍！你一個人在這裡不怕冷靜的麼？龍！龍！人家若來欺你，你晚上來告訴娘吧！你怎麼不想回來了呢？你怎麼夢也不來託一個的呢？」箱子裡，還有許多散放著的他的小衣服。今年北京的天氣，到七月中旬，已經是很冷了。當微涼的早晚，我們倆都想換上幾件夾衣，然而因為怕見到他舊時的夾衣袍襪，我們倆卻盡是一天一天的捱著，誰也不說出口來，說「要換上件夾衫」。

有一次和女人在那裡睡午覺，她驟然從床上坐了起來，鞋也不拖，光著襪子，跑上了上房起坐室裡，並且更掀帘跑上外面院子裡去。我也莫名其妙跟著她跑到外面的時候，只見她在那裡四面找尋什麼，找尋不著，呆立了一會，她忽然放聲哭了起來，並且抱住了我急急的追問說：「你聽不聽見？你聽不聽見？」哭完之後，她才告訴我說，在半醒半睡的中間，她聽見「娘！娘！」的叫了兩聲，的確是龍的聲音，她很堅定的說：「的確是龍回來了。」

北京的朋友親戚，為安慰我們起見，今年夏天常請我們倆去吃飯聽戲，她老不願意和我們去，因為去年的六月，我們無論上哪裡去玩，龍兒是常和我們在一處的。

今年的一個暑假，就是這樣的，在悲嘆和幻夢的中間消逝了。

這一回南方來催我就道的信，過於匆促，出發之前，我覺得還有一件大事情沒有做了。

中秋節前新搬了家，為修理房屋，部署雜事，就忙了一個星期。出發之前，又因了種種瑣事，不能抽出空來，再上龍兒的墳地裡去探望一回。女人上東車站來送我上車的時候，我心裡盡酸一陣痛一陣的在回念這一件恨事。有好幾次想和她說出來，教她於兩三日後再往妙光閣去探望一趟，但見了她的憔悴盡的顏色，和苦忍住的淒楚，又終於一句話也沒有講成。

現在去北京遠了，去龍兒更遠了，自家只一個人，只是孤零丁的一個人。在這裡繼續此生中大約是完不了的飄泊。

一九二六年十月五日在上海旅館內

注釋

❶盧騷　全名為Jean-Jaques Rousseau (1712–1778)，生於日內瓦，父親為鐘錶業者，母親在他出生後不久死去，由父親及親戚輪流撫養。十五歲離開日內瓦的雕工生涯，浪遊瑞士、法國、義大利、英國。一生興趣廣泛，包括音樂、戲劇、政治哲學、小說、自傳、神學、教育等著作，使他成為當代最重要的作家和思想家。一七六二年出版的《愛彌兒》(*Émile ou de* l'éducation）主張兒童應在自然環境中成長，避開有害之文明，方能有獨立判斷能力和成熟穩定個性。晚年所著《懺悔錄》（*Les Confessions*, 1781–1788）及《孤獨散步者的夢想》（*Les Rêveries du promeneur solitaire*, 1782）為他坦白真誠的自我剖析，是自傳和回憶文學的經典之作。

❷被逐　指一九二五年因武昌師範大學的內部衝突，郁達夫不堪受攻擊而於十一月辭職。

❸到得南方　指與郭沫若、王獨清同到廣州任職，郁氏任廣東大學英文系主任。

❹回京　指一九二五年五月，郁氏自武昌師大回北京。

❺什剎海　在北京西城，四周原有十座佛寺，故稱，元代稱海子，為一寬長水面，明代逐漸縮小形成西海、後海、前海。

❻發生事情　即指一九二五年十月間武昌師大的內部衝突。

賞析

本篇最初發表於一九二六年七月一日《創造》月刊第一卷第五期。一九二五年底，郁達夫因任教的武昌師範大學內部的衝突，飽受攻擊，因此辭去教職，回到上海，為籌辦創造社的出版部而奔走。肺疾在積勞之下復發，郁達夫住進療養院，一直到次年二月才病癒出院。三月十八日，郁達夫和郭沫若受聘於廣東大學（中山大學前身），因而買舟南下，落腳於廣州。六月初，剛剛安定下來的郁達夫便接到妻子孫荃從北京寄來的信，告知他兒子龍兒病重，郁達夫匆匆奔赴北京探視，未抵家門而龍兒已夭逝矣。

〈一個人在途上〉就是郁達夫在北京料理完龍兒的後事之後，返回廣州途中，所感所思的文字結晶。當時他南返途經上海，停留了十多天，編輯了已經延期的《創造》月刊第五期，順便也寫下了這篇散文發表在其中。《創造》月刊一卷五期出版日期仍印上七月一日，事實上是在十月以後才出版，因此才會有郁達夫寫於十月五日的這篇作品。

本文充滿郁氏早期散文的傷感氣氛，如前所言，這是因為他從日本回國之後，一直居無定所，工作也屢屢變動，家人因此分隔兩地，聚少離多，這點郁達夫在文中也提到了。另一方面，郁達夫個人性格上的敏感、悲觀，使他對遭遇的不順遂，不能豁達以對，每發為悽悽之嘆。所以文章一開始，他便引了盧騷晚年散文《孤獨散步者的夢想》中的一段話，把自己想像成無親無故的孤獨者，這和他小說及其他散文中的零餘者形象是一致的，我們不要忘了，郁達夫還有一篇散文就題為〈零餘者〉，他的自傳之六也名為〈孤獨者〉，可見郁達夫文學中的自我，有強烈的孤獨傾向。對照現實來看，一九二五年郁達夫的長女潔民出生，龍兒逝世的同年又有次子天民出生，並不像文中表現出來的悲涼，足見不僅小說是虛構的，散文作品也有作家想像的成分在內，郁氏所謂散文的自敘傳色彩，只能說是作者所創造的第二自我，或者說是文學性的自我，經常是作者理想化或想像中的自我，我們切切不可把它和現實等同起來。「文學作品都是作家的自敘傳」這句話，本是法國作家法朗士（Anatole France, 1844–1924，一九二一年諾貝爾文學獎得主）的一句名言，但我們只能寬泛地去看待所謂自敘傳，那就是把作者所創造的理想自我、第二自我包含在內，因為只要是文學作品，本質上就有想像成分，自敘傳作品也和真實傳記畢竟有別。

在寫作技巧上，郁達夫藉著具體的事物來傳達對兒子的思念之情，這是以具象凸顯抽象，以婉曲代替直呼，以景生情的藝術手法。例如文中透過對兒子哭著要坐汽車、穿洋服二事的回憶，曲寫對兒子的思念之情，同時也表現了一種今昔對比、存歿隔絕的失落感。同樣的，緊接著作者又以兒子的花燈、打棗的回憶、秋來怕換夾衫抒寫睹物思人的喪子之痛。文末則又寫自己的孤獨，回頭照顧起筆所強調的人生的孤零，可謂如常山之蛇，首尾相顧，顯見郁達夫散文作品的圓熟。

志摩在回憶裡

新詩傳宇宙，竟爾乘風歸去，同學同庚，老友如君先宿草。
華表託精靈，何當化鶴重來，一生一死，深閨有婦賦招魂。

這是我託杭州陳紫荷先生代作代寫的一副輓志摩的輓聯。陳先生當時問我和志摩的關係，我只說他是我自小的同學，又是同年，此外便是他這一回的很適合他身分的死。

做輓聯我是不會做的，尤其是文言的對句。而陳先生也想了許多成句，如「高處不勝寒」，「猶是深閨夢裡人」之類，但似乎都尋不出適當的上下對，所以只成了上舉的一聯。這輓聯的好壞如何，我也不曉得，不過我覺得文句做得太好，對仗對得太工，是不大適合於哀輓的本意的。悲哀的最大表示，是自然的目瞪口呆，僵若木雞的那一種樣子，這我在小曼夫人當初次接到志摩的凶耗的時候曾經親眼見到過。其次是撫棺的一哭，這我在萬國殯儀館中，當日來弔的許多志摩的親友之間曾經看到過。至於哀輓詩詞的工與不工，那卻是次而又次的問題了；我不想說志摩是如何如何的偉大，我不想說他是如何如何的可愛，我也不想說我因他之死而感到怎麼怎麼的悲哀，我只想把在記憶裡的志摩來重描一遍，因而再可以想見一次他那副凡見過他一面的人誰都不容易忘去的面貌與音容。

大約是在宣統二年（一九一〇）的春季，我離開故鄉的小市，去轉入當時的杭府中學讀書，——上一期似乎是在嘉興府中讀的，終因路遠之故而轉入了杭府——那時候府中的監督，記得是邵伯炯先生，寄宿舍是大方伯的圖書館對面。

當時的我，是初出茅廬的一個十四歲未滿的鄉下少年，突然間闖入了省府的中心，周圍萬事看起來都覺得新異怕人。所以在宿舍裡，在課堂上，我只得誠惶誠恐，戰戰兢兢，同蝸牛似地蜷伏著，連頭都不敢伸一伸出殼來。但是同我的這一種畏縮態度正相反的，在同一級同一宿舍裡，卻有兩位奇人在跳躍活動。

一個是身體生得很小，而臉面卻是很長，頭也生得特別大的小孩子。我當時自己當然總也還是一個孩子，然而看見了他，心裡卻老是在想，「這頑皮小孩，樣子真生得奇怪」，彷彿我自己已經是一個大孩似的。還有一個日夜和他在一塊，最愛做種種淘氣的把戲，為同學中間的愛戴集中點的，是一個身材長得相當的高大，面上也已經滿示著成年的男子的表情，由我那時候的心裡猜來，彷彿是年紀總該在三十歲以上的大人，——其實呢，他也不過和我們上下年紀而已。

他們倆，無論在課堂上或在宿舍裡，總在交頭接耳的密談著，高笑著，跳來跳去，和這個那個鬧鬧，結果卻終於會出其不意地做出一件很輕快很可笑很奇特的事情來吸引大家的注意的。

而尤其使我驚異的，是那個頭大尾巴小，戴著金邊近視眼鏡的頑皮小孩，平時那樣的不用功，那樣的愛看小說——他平時拿在手裡的總是一卷有光紙上印著石印細字的小本子——而考起來或作起文來卻總是分數得得最多的一個。

像這樣的和他們同住了半年宿舍，除了有一次兩次也上了他們一點小當之外，我和他們終究沒有發生什麼密切一點的關係；後來似乎我的宿舍也換了，除了在課堂上相聚在一塊之外，見面的機會更加少了。年假之後第二年的春天，我不曉為了什麼，突然離去了府中，改入了一個現在似乎也還沒有關門的教會學校。從此之後，一別十餘年，我和這兩位奇人——一個小孩，一個大人——終於沒有遇到的機會。

雖則在異鄉飄泊的途中，也時常想起當日的舊事，但是終因為周圍環境的遷移激變，對這微風似的少年時候的回憶，也沒有多大的留戀。

民國十三四年——一九二三、四年——之交，我混跡在北京的軟紅塵裡；有一天風定日斜的午後，我忽而在石虎胡同的松坡圖書館裡遇見了志摩。仔細一看，他的頭，他的臉，還是同中學時候一樣發育得分外的大，而那矮小的身材卻不同了，非常之長大了，和他並立起來，簡直要比我高一二寸的樣子。

他的那種輕快磊落的態度，還是和孩時一樣，不過因為歷盡了歐美的遊程之故，無形中已經鍛煉成了一個長於社交的人了。笑起來的時候，可還是同十幾年前的那個頑皮小孩一色無二。

從這年後，和他就時時往來，差不多每禮拜要見好幾次面。他的善於座談，敏於交際，長於吟詩的種種美德，自然而然地使他成了一個社交的中心。當時的文人學者、達官麗姝，以及中學時候的倒霉同學，不論長幼，不分貴賤，都在他的客座上可以看得到。不管你是如何心神不快的時候，只教經他用了他那種濁中帶清的洪亮的聲音，「喂，老×，今天怎麼樣？什麼什麼怎麼樣了？」的一問，你就自然會把一切的心事丟開，被他的那種快樂的光耀同化了過去。

正在這前後，和他一次談起了中學時候的事情，他卻突然的呆了一呆，張大了眼睛驚問我說：

「老李你還記得起記不起？他是死了哩！」

這所謂老李者，就是我在頭上寫過的那位頑皮大人，和他一道進中學的他的表哥哥。

其後他又去歐洲，去印度，交遊之廣，從中國的社交中心擴大而成為國際的。於是美麗宏博的詩句和清新絕俗的散文，也一年年的積多了起來。一九二七年的革命之後，北京變了北平，當時的許多中間階級者就四散成了秋後的落葉。有些飛上了天去，成了要人，再也沒有見到的機會了；有些也竟安然地在牖下到了黃泉；更有些，不死不生，仍復在歧路上徘徊著，苦悶著，而終於尋不到出路。是在這一種狀態之下，有一天在上海的街頭，我又忽而遇見了志摩。

「喂，這幾年來你躲在什麼地方？」

兜頭的一喝，聽起來仍舊是他那一種洪亮快活的聲氣。在路上略談了片刻，一同到了他的寓裡坐了一會，他就拉我一道到了大賚公司的輪船碼頭。因為午前他剛接到了無線電報，詩人太果爾❶回印度的船係定在午後五時左右靠岸，他是要上船去看看這老詩人的病狀的。

當船還沒有靠岸，岸上的人和船上的人還不能夠交談的時候，他在碼頭上的寒風裡立著——這時候似乎已經是秋季了——靜靜地呆呆地對我說：

「詩人老去，又遭了新時代的擯斥，他老人家的悲哀，正是孔子的悲哀。」

因為太果爾這一回是新從美國日本去講演回來，在日本在美國都受了一部分新人的排斥，所以心裡是不十分快活的；並且又因年老之故，在路上更染了一場重病。志摩對我說這幾句話的時候，雙眼呆看著遠處，臉色變得青灰，聲音也特別的低。我和志摩來往了這許多年，在他臉上看出悲哀的表情來的事情，這實在是最初也便是最後的一次。

從這一回之後，兩人又同在北京的時候一樣，時時來往了。可是一則因為我的疏懶無聊，二則因為他跑來跑去的教書忙，這一兩年間，和他聚談時候也並不多。今年的暑假後，他於去北平之先曾大宴了三日客。頭一天喝酒的時候，我和董任堅先生都在那裡。董先生也是當時杭府中學的舊同學之一，席間我們也曾談到了當日的杭州。在他遇難之前，從北平飛回來的第二天晚上，我也偶然的，真真是偶然的，闖到了他的寓裡。

那一天晚上，因為有許多朋友會聚在那裡的緣故，談談說說，竟說到了十二點過。臨走的時候，還約好了第二天晚上的後會才茲分散。但第二天我沒有去，於是就永久失去了見他的機會了，因為他的靈柩到上海的時候是已經殮好了來的。

文人之中，有兩種人最可以羨慕。一種是像高爾基❷一樣，活到了六七十歲，而能寫許多有聲有色的回憶文的老壽星，其他的一種是如葉賽寧❸一樣的光芒還沒有吐盡的天才夭折者。前者可以寫許多文學史上所不載的文壇起伏的經歷，他個人就是一部縱的文學史。後者則可以要求每個同時代的文人都寫一篇弔他哀他或評他罵他的文字，而成一部橫的放大的文苑傳。

現在志摩是死了，但是他的詩文是不死的，他的音容狀貌可也是不死的，除非要等到認識他的人老老少少一個個都死完的時候為止。

一九三一年十二月十一日

附記

上面的一篇回憶寫完之後，我想想，想想又在陳先生代做的輓聯裡加入了一點事實，綴成了下面的四十二字：

三卷新詩，廿年舊友，與君同是天涯，只為佳人難再得。
一聲河滿，九點齊煙，化鶴重歸華表，應愁高處不勝寒。

一九三一年十二月十九日

注釋

❶太果爾　全名 Rabindranath Tagore (1861–1941)，通譯為泰戈爾。印度詩人，一九一三年獲諾貝爾文學獎，為亞洲第一人。來華訪問時，徐志摩、林徽音曾陪同至各地演講。

❷高爾基　全名 Maxim (A. M. P.) Gorky (1868–1936)，俄國作家，八歲起因工作而浪遊俄國，曾參與一九〇五年之革命，失敗後赴海外為革命籌款。一九二八年因健康因素及政治立場避走義大利。晚年被捧為新社會主義文藝之父，也是社會寫實主義的奠基者，一九三四年，高氏被任為俄國作家協會主席，但兩年後卻神祕死亡。

❸葉賽寧　全名 Ann Yearsley（娘家姓 Cromartie, 1752–1806），出生英國西部，母親為酪農，後來她也成為擠奶工人，生前出版三本詩集。其生平可參見 Robert Southey (1774–1843) 所著之《素人詩人的傳記》(*Lives of the Uneducated Poets*, 1836)。

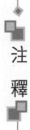

賞析

本篇最初發表於一九三二年一月一日《新月》第四卷第一期。徐志摩（一八九七—一九三一）比郁達夫晚生一年，兩人是杭州府中學的同學，徐志摩中學畢業後分別就讀於滬江大學、北洋大學、北京大學，一九一八年赴美留學，先就讀於克拉克大學社會系，次年入哥倫比亞大學研究院讀政治，一九二〇年轉到英國劍橋大學作選讀生，一九二二年回國，任教北京大學，與胡適等人成立新月社。一九二四年，印度詩人泰戈爾訪華，徐志摩陪同至上海、杭州、北京等地演講。一九二五年起任北京《晨報》副刊主編，一九二八年與胡適、梁實秋等在上海創辦《新月》月刊。一九三一年十一月十九日，因飛機失事遇難，死於山東省黨家莊。徐志摩是位多方位的詩人，有詩集《志摩的詩》、《猛虎集》、《翡冷翠的一夜》，散文集《自剖》、《巴黎鱗爪》，短篇小說《輪盤》，戲劇集《卞昆岡》，書簡《愛眉小札》，翻譯《曼殊斐爾小說集》、《贛第德》等。

徐志摩是浙江海寧縣硤石鎮人，父親為殷實的銀行家。二十歲那年，徐志摩在家人安排下和十六歲的張幼儀結婚。婚後兩年，徐志摩出國，妻子在家鄉苦學英文，遠赴英國陪伴志摩，但抵英後卻發現了徐志摩邂逅了才情洋溢的林徽音，並要求兩人離婚。一九二二年徐志摩追隨林徽音的腳步回國，並發表離婚通告。但諷刺的是，林徽音此時卻已和他的老師梁啓超的兒子梁思成訂親。一九二三年，徐在北京認識已婚的名媛陸小曼，兩人陷入熱戀，並於一九二六年十月三日結婚。梁啓超十分反對這件婚事，也許他看出了徐志摩浪漫的個性，早在一九二三年給徐的信中就勸他：「萬不容以他人之痛苦，易自己之快樂，弟此舉其於弟將來之快樂能得與否，始茫如捕風，然先已予無數人以無量之苦痛。」又說戀愛之事可遇不可求，「況多情多感之人，其幻象起落鶻突，而得滿足得寧貼也極難。所夢想之神聖境界恐終不可得，徒以煩惱終其身已耳。」任公最後勸徐志摩說：「天下豈有圓滿之宇宙？……當知吾儕以不求圓滿為生活態度，斯可以領略生活的妙味矣。」

然而徐志摩並不聽勸，他不承認自己以快樂易他人之痛苦，分辯道：「我之甘冒世之不韙，竭全力以鬥者，非特求免凶慘之苦痛，實求良心之安頓，求人格之確立，求靈魂之救度耳。」在承認戀愛可遇不可求之餘，卻又堅持：「我將於茫茫人海中訪我唯一靈魂之伴侶；得之，我幸；不得，我命，如此而已。」誠如胡適在〈追悼志摩〉一文中所言：「他的人生觀真是一種單純的信仰，這裡面只有三個大字，一個是愛，一個是自由，一個是美。」可謂一語道盡了徐志摩浪漫的性格。

徐志摩和陸小曼婚後，一如梁任公所預言，並非快樂圓滿，徐因這件婚事和父母不合，沒有了家中的經濟資助，只得奔波南北，賺錢供妻子揮霍，在一首〈生活〉的詩中，他寫出了自己的失敗，把生活形容成「陰沉，黑暗，毒蛇似的蜿蜒」。最後因為要趕赴林徽音在北京的一場演講，墜機而歿。為愛而生，為愛而死，總算不負平生。他死後，林徽音的案頭一直擺著他墜機的一塊飛機殘骸，陸小曼為他整理遺著出版，張幼儀成了他父母的乾女兒，創辦銀行，和徐家共同經營事業，也算是傳奇之事了。

郁達夫和徐志摩既是同鄉，後來在北京、上海都經常往來，也有一些共同的文友。徐志摩死後，郁達夫多次為文追念，可謂情深意切。

應該指出，紀遊雖是郁達夫晚期作品的主力，但他這時期的一些懷人之作也不可忽視，如〈光慈的晚年〉、〈懷四十歲的志摩〉、〈懷魯迅〉、〈敬悼許地山先生〉等，寫得生動活潑，讀者如見其人，但也有少數屬於應酬之作，不見深情。〈志摩在回憶裡〉是一篇較有作者感情的銘記文章，因為郁氏和徐志摩是中學同學，又是同年，文學志趣和海外經歷、婚姻情感的波折都有相似處。他說志摩是「不顧一切，帶有激烈的燃燒性的熱情」詩人，其實也是夫子自道，試看他不顧一切追求王映霞，不也和徐與林徽音、陸小曼的戀情異曲同工？充分反映了兩人浪漫多情的秉性，他最後歸結志摩的死是「無理解的社會逼死了他」，也是他自己的善感，不為社會所容的心聲反響。

釣台的春晝

因為近在咫尺，以為什麼時候要去就可以去，我們對於本鄉本土的名區勝景，反而往往沒有機會去玩，或不容易下一個決心去玩的。正唯其是如此，我對於富春江上的嚴陵，二十年來，心裡雖每在記著，但腳卻從沒有向這一方面走過。一九三一，歲在辛未，暮春三月，春服未成，而中央黨帝，似乎又想玩一個秦始皇所玩過的把戲了，我接到了警告，就倉皇離去了寓居❶。先在江浙附近的窮鄉裡，遊息了幾天，偶爾看見了一家掃墓的行舟，鄉愁一動，就定下了歸計。繞了一個大彎，趕到故鄉，卻正好還在清明寒食的節前。和家人等去上了幾處墳，與許久不曾見過面的親戚朋友，來往熱鬧了幾天，一種鄉居的倦怠，忽而襲上心來了，於是乎我就決心上釣台去訪一訪嚴子陵❷的幽居。

釣台去桐廬縣城二十餘里，桐廬去富陽縣治九十里不足，自富陽溯江而上，坐小火輪三小時可達桐廬，再上則須坐帆船了。

我去的那一天，記得是陰晴欲雨的養花天，並且係坐晚班輪去的，船到桐廬，已經是燈火微明的黃昏時候了，不得已就只得在碼頭近邊的一家旅館的高樓上借了一宵宿。

桐廬縣城，大約有三里路長，三千多煙灶，一二萬居民，地在富春江西北岸，從前是皖浙交通的要道，現在杭江鐵路一開，似乎沒有一二十年前的繁華熱鬧了。尤其要使旅客感到蕭條的，卻是桐君山❸腳下的那一隊花船的失去了蹤影。說起桐君山，原是桐廬縣的一個接近城市的靈山勝地，山雖不高，但因有仙，自然是靈了。以形勢來論，這桐君山，也的確是可以產生出許多口音生硬、別具風韻的桐嚴嫂來的生龍活脈；地處在桐溪東岸，正當桐溪和富春江合流之所，依依一水，西岸便瞰視著桐廬縣市的人家煙樹。南面對江，便是十里長洲；唐詩人方干❹的故居，就在這十里桐洲九里花的花田深處。向西越過桐廬縣城，更遙遙對著一排高低不定的青巒，這就是富春山的山子山孫了。東北面山下，是一片桑麻沃地，有一條長蛇似的官道，隱而復現，出沒盤曲在桃花楊柳洋槐榆樹的中間；繞過一支小嶺，便是富陽縣的境界，大約去程明道❺的墓地程墳，總也不過一二十里地的間隔，我的去拜謁桐君，瞻仰道觀，就在那一天到桐廬的晚上，是淡雲微月，正在作雨的時候。

魚梁渡頭，因為夜渡無人，渡船停在東岸的桐君山下。我從旅館踱了出來，先在離輪埠不遠的渡口停立了幾分鐘，後來向一位來渡口洗夜飯米的年輕少婦，弓身請問了一回，才得到了渡江的祕訣。她說：「你只須高喊兩三聲，船自會來的。」先謝了她教我的好意，然後以兩手圍成了播音的喇叭，「喂，喂，船渡請搖過來！」地縱聲一喊，果然在半江的黑影當中，船身搖動了。漸搖漸近，五分鐘後，我在渡口，卻終於聽出了咿呀柔櫓的聲音。時間似乎已經入了酉時的下刻，小市裡的群動，這時候都已經靜息；自從渡口的那位少婦，在微茫的夜色裡，藏去了她那張白團團的面影之後，我獨立在江邊，不知不覺心裡頭卻兀自感到了一種他鄉日暮的悲哀。渡船到岸，船頭上起了幾聲微微的水浪清音，又銅東的一響，我早已跳上了船，渡船也已經掉過頭來了。坐在黑沉沉的艙裡，我起先只在靜聽著柔櫓划水的聲音，然後卻在黑影裡看出了一星船家在吸著的長煙管頭上的煙火，最後因為沉默壓迫不過，我只好開口說話了：「船家！你這樣的渡我過去，該給你幾個船錢？」我問。「隨你先生把幾個就是。」船家說話冗慢幽長，似乎已經帶著些睡意了，我就向袋裡摸出了兩角錢來。「這兩角錢，就算是我的渡船錢，請你候我一會，上去燒一次夜香，我是依舊要渡過江來的。」船家的回答，只是嗯嗯、嗚嗚，幽幽同牛叫似的一種鼻音，然而從繼這鼻音而起的兩三聲輕快的喀聲聽來，他卻已經在感到滿足了，因為我也知道，鄉間的義渡，船錢最多也不過是兩三枚銅子而已。

到了桐君山下，在山影和樹影交掩著的崎嶇道上，我上岸走不上幾步，就被一塊亂石絆倒，滑跌了一次。船家似乎也動了惻隱之心了，一句話也不發，跑將上來，他卻突然交給了我一盒火柴。我於感謝了一番他的盛意之後，重整步武，再摸上山去，先是必須點一枝火柴走三五步路的，但到得半山，路既就了規律，而微雲堆裡的半規月色，也朦朧地現出一痕銀線來了，所以手裡還存著的半盒火柴，就被我藏入了袋裡。路是從山的西北，盤曲而上；漸走漸高，半山一到，天也開朗了一點，桐廬縣市上的燈光，也星星可數了。更縱目向江心望去，富春江兩岸的船上和桐溪合流口停泊著的船尾船頭，也看得出一點一點的火來。走過半山，桐君觀裡的晚禱鐘鼓，似乎還沒有息盡，耳朵裡彷彿聽見了幾絲木魚鉦鈸的殘聲。走上山頂，先在半途遇著了一道道觀外圍的女牆，這女牆的柵門，卻已經掩上了。在柵門外徘徊了一刻，覺得已經到了此門而不進去，終於是不能滿足我這一次暗夜冒險的好奇怪癖的。所以細想了幾次，還是決心進去，非進去不可，輕輕用手往裡面一推，柵門卻呀的一聲，早已退向了後方開開了，這門原來是虛掩在那裡的。進了柵門，踏著為淡月所映照的石砌平路，向東向南的前走了五六十步，居然走到了道觀的大門之外，這兩扇朱紅漆的大門，不消說是緊閉在那裡的。到了此地，我卻不想再破門進去了，因為這大門是朝南向著大江開的。門外頭是一條一丈來寬的石砌步道，步道的一旁是道觀的牆，一旁便是山坡，靠山坡的一面，並且還有一道二尺來高的石牆築在那裡，大約是代替欄杆，防人傾跌下山去的用意；石牆之上，鋪的是二三尺寬的青石，在這似石欄又似石凳的牆上，盡可以坐臥遊息，飽看桐江和對岸的風景，就是在這裡坐它一晚，也很可以，我又何必去打開門來，驚起那些老道的惡夢呢？

空曠的天空裡，流漲著的只是些灰白的雲，雲層缺處，原也看得出半角的天，和一點兩點的星，但看起來最饒風趣的，卻仍是欲藏還露，將見仍無的那半規月影。這時候江面上似乎起了風，雲腳的遷移，更來得迅速了，而低頭向江心一看，幾多散亂著的船裡的燈光，也忽明忽滅地變換了一變換位置。

這道觀大門外的景色，真神奇極了。我當十幾年前，在放浪的遊程裡，曾向瓜州京口❻一帶，消磨過不少的時日；那時覺得果然名不虛傳的，確是甘露寺❼外的江山，而現在到了桐廬，昏夜上這桐君山來一看，又覺得這江山的秀而且靜，風景的整而不散，卻非那天下第一江山的北固山❽所可與比擬的了。真也難怪得嚴子陵，難怪得戴徵士❾，倘使我若能在這樣的地方結屋讀書，以養天年，那還要什麼的高官厚祿，還要什麼的浮名虛譽哩？一個人在這桐君觀前的石凳上，看看山，看看水，看看城中燈火和天上的星雲，更做做浩無邊際的無聊的幻夢，我竟忘記了時刻，忘記了自身，直等到隔江的擊柝聲傳來，向西一看，忽而覺得城中的燈影微茫地減了，才跑也似地走下了山來，渡江奔回了客舍。

第二日侵晨，覺得昨天在桐君觀前做過的殘夢正還沒有續完的時候，窗外面忽而傳來了一陣吹角的聲音。好夢雖被打破，但因這同吹篳篥❿似的商音哀咽，卻很含著些荒涼的古意，並且曉風殘月，楊柳岸邊，也正好候船待發，上嚴陵去；所以心裡縱懷著了些兒怨恨，但臉上卻只現出了一痕微笑，起來梳洗更衣，叫茶房去雇船去。雇好了一只雙槳的漁舟，買就了些酒菜魚米，就在旅館前面的碼頭上上了船。輕輕向江心搖出去的時候，東方的雲幕中間，已現出了幾絲紅韻，有八點多鐘了；舟師急得厲害，只在埋怨旅館的茶房，為什麼昨晚不預先告訴，好早一點出發。因為此去就是七里瀧頭，無風七里，有風七十里，上釣台去玩一趟回來，路程雖則有限，但這幾日風雨無常，說不定要走夜路，才回來得了的。

過了桐廬，江心狹窄，淺灘果然多起來了。路上遇著的來往的行舟，數目也是很少，因為早晨吹的角，就是往建德去的快班船的信號，快班船一開，來往於兩埠之間的船就不十分多了。兩岸全是青青的山，中間是一條清淺的水，有時候過一個沙洲，洲上的桃花菜花，還有許多不曉得名字的白色的花，正在喧鬧著春暮，吸引著蜂蝶。我在船頭上一口一口的喝著嚴東關的藥酒，指東話西地問著船家，這是什麼山？那是什麼港？驚嘆了半天，稱頌了半天，人也覺得倦了，不曉得什麼時候，身子卻走上了一家水邊的酒樓，在和數年不見的幾位已經做了黨官的朋友高談闊論。談論之餘，還背誦了一首兩三年前曾在同一的情形之下做成的歪詩：

不是尊前愛惜身，佯狂難免假成真，
曾因酒醉鞭名馬，生怕情多累美人。
劫數東南天作孽，雞鳴風雨海揚塵，
悲歌痛哭終何補，義士紛紛說帝秦。

直到盛筵將散，我酒也不想再喝了，和幾位朋友鬧得心裡各自難堪，連對旁邊坐著的兩位陪酒的名花都不願意開口。正在這上下不得的苦悶關頭，船家卻大聲的叫了起來說：

「先生，羅芷過了，釣台就在前面，你醒醒吧，好上山去燒飯吃去。」

擦擦眼睛，整了一整衣服，抬起頭來一看，四面的水光山色又忽而變了樣子了。清清的一條淺水，比前又窄了幾分，四圍的山包得格外的緊了，彷彿是前無去路的樣子。並且山容峻削，看去覺得格外的瘦格外的高。向天上地下四圍看看，只寂寂的看不見一個人類。雙槳的搖響，到此似乎也不敢放肆了，鉤的一聲過後，要好半天才來一個幽幽的回響，靜，靜，靜，身邊水上，山下岩頭，只沉浸著太古的靜，死滅的靜，山峽裡連飛鳥的影子也看不見半隻。前面的所謂釣台山上，只看得見兩個大石壘，一間歪斜的亭子，許多縱橫蕪雜的草木。山腰裡的那座祠堂，也只露著些廢垣殘瓦，屋上面連炊煙都沒有一絲半縷，像是好久好久沒人住了的樣子。並且天氣又來得陰森，早晨曾經露一露臉過的太陽，這時候早已深藏在雲堆裡了，餘下來的只是時有時無從側面吹來的陰颼颼的半箭兒山風。船靠了山腳，跟著前面背著酒菜魚米的船夫，走上嚴先生祠堂去的時候，我心裡真有點害怕，怕在這荒山裡要遇見一個乾枯蒼老得同絲瓜筋似的嚴先生的鬼魂。

在祠堂西院的客廳裡坐定，和嚴先生的不知第幾代的裔孫談了幾句關於年歲水旱的話後，我的心跳，也漸漸兒的鎮靜下去了，囑託了他以煮飯燒菜的雜務，我和船家就從斷碑亂石中間爬上了釣台。

東西兩石壘，高各有二三百尺，離江面約兩里來遠，東西臺相去，只有一二百步，但其間卻夾著一條深谷，立在東臺，可以看得出羅芷的人家，回頭展望來路，風景似乎散漫一點，而一上謝氏的西臺，向西望去，則幽谷裡的清景，卻絕對的不像是在人間了。我雖則沒有到過瑞士，但到了西臺，朝西一看，立時就想起了曾在照片上看見過的威廉退兒的祠堂。這四山的幽靜，這江水的青藍，簡直同在畫片上的珂羅版色彩，一色也沒有兩樣；所不同的，就是在這兒的變化更多一點，周圍的環境更蕪雜不整齊一點而已，但這卻是好處，這正是足以代表東方民族性的頹廢荒涼的美。

從釣台下來，回到嚴先生的祠堂——記得這是洪楊以後嚴州知府戴槃重建的祠堂——西院裡飽啖了一頓酒肉，我覺得有點酩酊微醉了。手拿著以火柴柄製成的牙籤，走到東面供著嚴先生神像的龕前，向四面的破壁上一看，翠墨淋漓，題在那裡的，竟多是些俗而不雅的過路高官的手筆。最後到了南面的一塊白牆頭上，在離屋檐不遠的一角高處，卻看到了我們的一位新近去世的同鄉夏靈峰先生的四句似邵堯夫⓫而又略帶感慨的詩句。夏靈峰先生雖則只知崇古，不善處今，但是五十年來，像他那樣的頑固自尊的亡清遺老，也的確是沒有第二個人。比較起現在的那些官迷財迷的南滿尚書和東洋宦婢來，他的經術言行，姑且不必去論它，就是以骨頭來稱稱，我想也要比什麼羅三郎鄭太郎⓬輩，重到好幾百倍。慕賢的心一動，醺人的臭技自然是難熬了，堆起了幾張桌椅，借得了一枝破筆，我也在高牆上在夏靈峰先生的腳後放上了一個陳屁，就是在船艙的夢裡，也曾微吟過的那一首歪詩。

從牆頭上跳將下來，又向龕前天井去走了一圈，覺得酒後的喉嚨，有點渴癢了，所以就又走回到了西院，靜坐著喝了兩碗清茶。在這四大無聲，只聽見我自己的啾啾喝水的舌音衝擊到那座破院的敗壁上去的寂靜中間，同驚雷似地一響，院後的竹園裡卻忽而飛出了一聲閑長而又有節奏似的雞啼的聲來。同時在門外面歇著的船家，也走進了院門，高聲的對我說：

「先生，我們回去吧，已經是吃點心的時候了，你不聽見那隻公雞在後山啼麼？我們回去吧！」

一九三二年八月在上海寫

注釋

❶倉皇離去了寓居　一九三一年一月十七日，左聯作家柔石、殷夫、胡也頻、李偉森、馮鏗在上海被捕，郁達夫也受到威脅，離開上海回富陽、杭州避難。

❷嚴子陵　即東漢嚴光，生卒年不詳，《後漢書・逸民傳》稱其不屈為諫議大夫，寧耕於富春山，後人稱其釣魚處為嚴陵瀨。

❸桐君山　桐君為黃帝時醫師，採藥浙江桐廬的東山，結廬桐樹下，人問其名，則指桐樹示意，故被稱為桐君，其採藥之東山為桐君山。

❹方干　唐詩人，字雄飛，門人私謚玄英先生（？—約八八八）。睦州桐廬人，幼師徐凝為詩，後舉進士不第，遂隱居越州，漁釣鏡湖，琴詩自娛。光化三年（九〇〇），韋莊奏請追贈及第。所著《玄英集》今存《四庫全書》，附有孫郃著《玄英先生傳》，生平亦見《唐摭言》卷十、《唐詩紀事》卷六三、《唐才子傳》卷七。

❺程明道　即程顥（一〇三二—一〇八五），字伯淳，世稱明道先生。與弟程頤（一〇三三—一一〇七）並稱二程，受業於周敦頤，後創為洛學。以天理為最高哲學範疇，提倡窮理盡性，歸返於仁，強調主敬，由盡心而至於知性、知天。

❻瓜州京口　瓜州亦作瓜洲，在江蘇省邗江縣南，大運河分支入長江處，與鎮江隔江斜對。京

口在今鎮江市，西元二〇九年，孫權遷都於此，稱為京城，西元二一一年遷都建業（南京）後改稱京口鎮。

❼甘露寺　在鎮江市北固山上，三國吳甘露年間所建，唐李德裕曾擴建。

❽北固山　在鎮江市東北，有南、中、北三峰，三面臨江，形勢險要，故稱北固。南朝梁武帝曾登此，改名北顧山。

❾戴徵士　名逵，字安道，東晉文學家與畫家（約三二五—三九六）。博學工書畫，不樂世務，後居會稽剡縣，孝武帝累徵不就，逃於吳。世稱被徵不就之隱士為徵士。

❿篳篥　音ㄅㄧˋ ㄌㄧˋ。即觱篥，古代管樂器，多用於軍中，其聲悲咽，宋莊季裕《雞肋編》卷下稱邊人吹之以驚中國馬。

⓫邵堯夫　即邵雍（一〇一一—一〇七七），字堯夫，自號安樂先生，伊川翁，北宋理學家，與二程齊名。其詩作不拘詩法，直抒胸臆，《四庫總目》比之為璞玉。

⓬羅三郎鄭太郎　指羅振玉和鄭孝胥，二人是偽滿洲國的所謂文臣。

賞析

本篇最初發表於一九三二年九月十六日《論語》第一期。郁達夫後期散文以紀遊散文為主，如〈釣台的春晝〉、〈浙東景物紀略〉、〈雁蕩山的秋月〉、〈閩遊滴瀝〉系列，一直到一九四〇年的〈馬六甲遊記〉，質佳量多，就刻畫山水而言，郁達夫可謂當代的酈道元或徐霞客。

〈釣台的春晝〉是郁氏第一篇紀遊文章，但和後來浙東、浙西系列及閩中系列不同的是，後者大都純粹模山範水，寫自然之奇和人文典故，〈釣台的春晝〉則帶有個人的寓懷寄興，大有以山水消遣胸中塊壘之意。文章起筆即來了一段乘桴的告白，文末又對滿清遺老多所批評，可以說是一篇夾敘夾議、寄託微言的紀遊散文。

捨此之外，郁氏後期散文每純為自然的讚歌，描寫功力深厚，自然景物宛在眼前，文字清新流暢，不信試看〈浙東景物紀略〉中仙霞紀險的一段：

> 五步一轉彎，三步一上嶺，一面是流泉渦旋的深坑萬丈，一面又是鳥飛不到的絕壁千尋。轉一個彎，變一番景色，上一條嶺，闢一個天地，上上下下，去去回回，我們在仙霞山中，龍溪岸上，自北去南，因為要繞過仙霞關去，汽車足足走了有一個多鐘頭的山路。山的高，水的深，與夫彎的多，路的險，不折不扣的說將出來，比杭州的九溪十八澗，起碼總要超過三百多倍。要看山水的曲折，要試車路的崎嶇，

要將性命和運命去拚拚，想嘗一嘗生死關頭，千鈞一髮的冒險異味的人，仙霞嶺不可不到，尤其是從仙霞關北麓繞路出關，上關南二十八都去的這一條新闢的汽車公路，不可不去一走。

又如〈桐君山的再到〉：

一出富陽，向西偏南，六十里地的旱程中間，山色又不同了。峰嶺並不成重，而包圍在汽車四周的一帶，卻呈露著千層萬層的波浪。小小的新登縣，本名新城，煙戶不滿千家，城牆像是土堡，而縣城外的小山，小山上的小塔，卻來得特別的多，一條松溪，本來也是很小的，但在這小人國似的山川城廓之中流過，看起來倒覺得很大了。像這樣的一個小縣裡，居然也出了許遠，出了杜建徽，出了羅隱那麼的大人物，可見得山水人物，是不能以比例來算的。文弱的浙西，出個把羅隱，倒也算不得什麼，但那堂堂的兩位武將，自唐歷宋以至吳越，僅隔百年，居然出了這兩位武將，可真有點兒厲害。

車過新登，沿鼉江的一段，風景又變了一變；因路線折向了南，錢塘江隔岸的青山，萬笏朝天，漸漸露起頭角來了。鼉江就是江上常有二氣，因杜建徽、羅隱生而不見的傳說的產地；隔岸的高山，就是孫伯符的祖墓所在，地屬富陽、浦江交界處的天子崗頭。

數段之中，自然與人文並寫，歷史和現實疊現，不僅是山川之旅，也是人文地理之旅，表現了特殊的審美眼光，完全是文學家筆下的行旅文字。

〈釣台的春晝〉以紀行為主，描寫郁達夫從故鄉富陽上溯富春江抵桐廬縣，遊桐君山，訪嚴陵釣台，一路上所思所感。桐廬縣位於富春江和桐廬江的交會處，桐廬江發源於北面的天目山。沿江可下溯建德，直抵安徽南部大城歙縣和新安等地，所以郁達夫說這裡是皖浙交通要道。

〈釣台的春晝〉一文除了紀行，也不乏景物的描寫，如寫夜遊桐君山的一段云：「空曠的天空裡，流漲著的只是些灰白的雲，雲層缺處，原也看得出半角的天，和一點兩點的星，但看起來最饒風趣的，卻仍是欲藏還露，將見仍無的那半規月影。」生動而有趣，是寫景的妙筆。寫景之餘，郁達夫也抒發感慨，所謂「獨立在江邊，不知不覺心裡頭卻兀自感到了一種他鄉日暮的悲哀」，實是觸景傷情，想到自己受到政治迫害，潛回江浙，正是日暮途窮的境遇。唐朝的孟浩然在四十餘歲屢試不第後，離開長安到吳越漫遊，曾有一首〈宿桐廬江寄廣陵舊遊〉，寄託的孤獨與窮愁之情也和郁達夫近似，詩云：「山暝聽猿愁，滄江急夜流。風鳴兩岸葉，月照一孤舟。建德非吾土，維揚憶舊遊。唯將兩行淚，遙寄海西頭。」桐廬、富陽一帶，風景秀麗，人文薈萃，歷來文人多有吟詠，更增山水靈氣，誠如王夫之《薑齋詩話》所云：「煙雲泉石，花鳥苔林，金鋪錦帳，寓意則靈。」

【小・說・卷】

沉淪

一

他近來覺得孤冷得可憐。

他的早熟的性情，竟把他擠到與世人絕不相容的境地去，世人與他的中間介在的那一道屏障，愈築愈高了。

天氣一天一天的清涼起來，他的學校開學之後，已經快半個月了。那一天正是九月的二十二日。

晴天一碧，萬里無雲，終古常新的皎日，依舊在她的軌道上，一程一程的在那裡行走。從南方吹來的微風，同醒酒的瓊漿一般，帶著一種香氣，一陣陣的拂上面來。在黃蒼未熟的稻田中間，在彎曲同白線似的鄉間的官道上面，他一個人手裡捧了本六寸長的 Wordsworth❶ 的詩集，盡在那裡緩緩的獨步。在這大平原內，四面並無人影；不知從何處飛來的一聲兩聲的遠吠聲，悠悠揚揚的傳到他的耳膜上來。他眼睛離開了書，同做夢似的向有犬吠聲的地方看去，但看見了一叢雜樹，幾處人家，同魚鱗似的屋瓦上，有一層薄薄的蜃氣樓，同輕紗似的在那裡飄蕩。

「Oh, you serene gossamer! you beautiful gossamer!」

這樣的叫了一聲，他的眼睛裡就湧出了兩行清淚來，他自己也不知道是什麼緣故。

呆呆的看了好久，他忽然覺得背上有一陣紫色的氣息吹來，息索的一響，道旁的一枝小草竟把他的夢境打破了。他回轉頭來一看，那枝小草還是顛搖不已，一陣帶著紫羅蘭氣息的和風，溫微微的噴到他那蒼白的臉上來。在這清和的早秋的世界裡，在這澄清透明的以太(Ether)❷中，他的身體覺得同陶醉似的酥軟起來。他好像是睡在慈母懷裡的樣子。他好像是夢到了桃花源裡的樣子。他好像是在南歐的海岸，躺在情人膝上，在那裡貪午睡的樣子。

他看看四邊，覺得周圍的草木，都在那裡對他微笑。看看蒼空，覺得悠久無窮的大自然，微微的在那裡點頭。一動也不動的向天看了一會，他覺得天空中有一群小天神，背上插著了翅膀，肩上掛著了弓箭，在那裡跳舞。他覺得樂極了。便不知不覺開了口，自言自語的說：

「這裡就是你的避難所。世間的一般庸人都在那裡妒忌你，輕笑你，愚弄你；只有這大自然，這終古常新的蒼空皎日，這晚夏的微風，這初秋的清氣，還是你的朋友，還是你的慈母，還是你的情人；你也不必再到世上去與那些輕薄的男女共處去，你就在這大自然的懷裡，這純樸的鄉間終老了罷。」

這樣的說了一遍，他覺得自家可憐起來，好像有萬千哀怨，橫亙在胸中，一口說不出來的樣子。含了一雙清淚，他的眼睛又看到他手裡的書上去。

Behold her, single in the field.
You solitary Highland lass!
Reaping and singing by herself;
Stop here, or gently pass!
Alone she cuts, and binds the grain,
And sings a melancholy strain;

Oh, listen! for the vale profound,
Is overflowing with the sound.

看了這一節之後，他又忽然翻過一張來，脫頭脫腦的看到那第三節去。

Will no one tell me what she sings?
Perhaps the plaintive numbers flow
For old, unhappy, far-off things,
And battle long ago:
Or is it some more humble lay,
Familiar matter of today?
Some natural sorrow, loss, or pain,
That has been and may be again!

這也是他近來的一種習慣，看書的時候，並沒有次序的。幾百頁的大書，更可不必說了，就是幾十頁的小冊子，如愛美生❸的《自然論》(Emerson's *On Nature*)，沙羅❹的《逍遙遊》(Thoreau's *Excursion*)之類，也沒有完完全全從頭至尾的讀完一篇過。當他起初翻開一冊書來看的時候，讀了四行五行或一頁二頁，他每被那一本書感動，恨不得要一口氣把那一本書吞下肚子裡去的樣子，到讀了三頁四頁之後，他又生起一種憐惜的心來，他心裡似乎說：

「像這樣的奇書，不應該一口氣就把他念完，要留著細細兒的咀嚼才好。一下子就念完了之後，我的熱望也就不得不消滅，那時候我就沒有好望，沒有夢想了，怎麼使得呢？」

他的腦裡雖然有這樣的想頭，其實他的心裡早有一些兒厭倦起來，到了這時候，他總把那本書收過一邊，不再看下去。過幾天或者過幾個鐘頭之後，他又用了滿腔的熱忱，同初讀那一本書的時候一樣的，去讀另外的書去；幾日前或者幾點鐘前那樣的感動他的那一本書，就不得不被他遺忘了。

放大了聲音把渭遲渥斯的那兩節詩讀了一遍之後，他忽然想把這一首詩用中國文翻譯出來。

〈孤寂的高原刈稻者〉

他想想看，"The solitary reaper" 詩題只有如此的譯法。

你看那個女孩兒，她只一個人在田裡，

你看那邊的那個高原的女孩兒，她只一個人，冷清清地！
她一邊刈稻，一邊在那兒唱著不已；
她忽兒停了，忽兒又過去了，輕盈體態，風光細膩！
她一個人，刈了，又重把稻兒捆起，
她唱的山歌，頗有些兒悲涼的情味：
聽呀聽呀！這幽谷深深，
全充滿了她的歌唱的清音。

有人能說否，她唱的究是什麼？
或者她那萬千的痴話
是唱的前代的哀歌，
或者是前朝的戰事，千兵萬馬；
或者是些坊間的俗曲，
便是目前的家常閑說？
或者是些天然的哀怨，必然的喪苦，自然的悲楚，這些事雖是過去的回思，將來想亦必有人指訴。

他一口氣譯了出來之後，忽又覺得無聊起來，便自嘲自罵的說道：

「這算是什麼東西呀，豈不同教會裡的讚美歌一樣的乏味麼？英國詩是英國詩，中國詩是中國詩，又何必譯來對去呢！」

這樣的說了一句，他不知不覺便微微兒的笑起來。向四邊一看，太陽已經打斜了；大平原的彼岸，西邊的地平線上，有一座高山浮在那裡，飽受了一天殘照，山的周圍醞釀成一層朦朦朧朧的嵐氣，反射出一種紫不紫紅不紅的顏色來。

他正在那裡出神呆看的時候，喀的咳嗽了一聲，他的背後忽然來了一個農夫。回頭一看，他就把他臉上的笑容改裝成一副憂鬱的面色，好像他的笑容是怕被人看見的樣子。

二

他的憂鬱症愈鬧愈甚了。

他覺得學校裡的教科書，真同嚼蠟一般，毫無半點生趣。天氣清朗的時候，他每捧了一本愛讀的文學書，跑到人跡罕至的山腰水畔，去貪那孤寂的深味去。在萬籟俱寂的瞬間，在水天相映的地方，他看看草木蟲魚，看看白雲碧落，便覺得自家是一個孤高傲世的賢人，一個超然獨立的隱者。有時在山中遇著一個農夫，他便把自己當作了 Zarathustra❺，把 Zarathustra 所說的話，也在心裡對那農夫講了。他的 megalomania❻ 也同他的 hypochondria❼ 成了正比例，一天一天的增加起來。在這樣的時候，也難怪他不願意上學校去，去作那同機械一樣的工夫去。他竟有連接四五天不上學校去聽講的時候。

有時候他到學校裡去，他每覺得眾人都在那裡凝視他的樣子。他避來避去想避他的同學，然而無論到了什麼地方，他的同學的眼光，總好像懷了惡意，射在他背脊上的樣子。

上課的時候，他雖然坐在全班學生的中間，然而總覺得孤獨得很：在稠人廣眾之中感得的這種孤獨，倒比一個人在冷清的地方感得的那種孤獨還更難受。看看他的同學，一個個都是興高采烈的在那裡聽先生的講義，只有他一個人身體雖然坐在講堂裡頭，心思卻同飛雲逝電一般，在那裡作無邊無際的空想。

好容易下課的鐘聲響了！先生退去之後，他的同學說笑的說笑，談天的談天，個個都同春來的燕雀似的，在那裡作樂；只有他一個人鎖了愁眉，舌根好像被千鈞的巨石錘住的樣子，兀的不作一聲。他也很希望他的同學來對他講些閑話，然而他的同學卻都自家管自家的去尋歡作樂去，一見了他那一副愁容，沒有一個不抱頭奔散的，因此他愈加怨他的同學了。

「他們都是日本人，他們都是我的仇敵，我總有一天來復仇，我總要復他們的仇。」

一到了悲憤的時候，他總這樣的想的，然而到了安靜之後，他又不得不嘲罵自家說：

「他們都是日本人，他們對你當然是沒有同情的，因為你想得他們的同情，所以你怨他們，這豈不是你自家的錯誤麼？」

他的同學中的好事者，有時候也有人來向他說笑的，他心裡雖然非常感激，想同那一個人談幾句知心的話，然而口中總說不出什麼話來；所以有幾個解他的意的人，也不得不同他疏遠了。

他的同學日本人在那裡歡笑的時候，他總疑他們是在那裡笑他，他就一霎時的紅起臉來。他們在那裡談天的時候，若有偶然看他一眼的人，他又忽然紅起臉來，以為他們是在那裡講他。他同他同學中間的距離，一天一天的遠背起來。他的同學都以為他是愛孤獨的人，所以誰也不敢來近他的身。

有一天放課之後，他挾了書包回到他的旅館裡來，有三個日本學生同他同路的。將要到他寄寓的旅館的時候，前面忽然來了兩個穿紅裙的女學生。在這一區市外的地方，從沒有女學生看見的，所以他一見了這兩個女子，呼吸就緊縮起來。他們四個人同那兩個女子擦過的時候，他的三個日本人的同學都問她們說：

「你們上哪兒去？」

那兩個女學生就作起嬌聲來回答說：

「不知道！」

「不知道！」

那三個日本學生都高聲笑起來，好像是很得意的樣子；只有他一個人似乎是他自家同她們講了話似的，匆匆跑回旅館裡來。進了他自家的房，把書包用力的向席上一丟，他就在席上躺下了——日本室內都鋪的席子，坐也席地而坐，睡也睡在席上的——他的胸前還在那裡亂跳；用了一隻手枕著頭，一隻手按著胸口，他便自嘲自罵的說：

「You coward fellow, you are too coward!」

「你既然怕羞，何以又要後悔？

「既要後悔，何以當時你又沒有那樣的膽量，不同她們去講一句話？

「Oh, coward, coward!」

說到這裡，他忽然想起剛才那兩女學生的眼波來了。

那兩雙活潑潑的眼睛！

那兩雙眼睛裡，確有驚喜的意思含在裡頭。然而再仔細想了一想，他又忽然叫起來說：

「呆人呆人，她們雖有意思，與你有什麼相干？她們所送的秋波，不是單送給那三個日本人的麼？唉！唉！她們已經知道了，已經知道我是支那人了，否則她們何以不來看我一眼呢！復仇復仇，我總要復她們的仇。」

說到這裡，他那火熱的頰上忽然滾了幾顆冰冷的眼淚下來。他是傷心到極點了。

這一天晚上，他記的日記說：

我何苦要到日本來，我何苦要求學問。既然到了日本，那自然不得不被他們日本人輕侮的。中國呀中國！你怎麼不富強起來。我不能再隱忍過去了。

故鄉豈不有明媚的山河，故鄉豈不有如花的美女？我何苦要到這東海的島國裡來！

到日本來倒也罷了，我何苦又要進這該死的高等學校。他們留了五個月學回去的人，豈不在那裡享榮華安樂麼？這五六年的歲月，教我怎麼能捱得過去。受盡了千辛萬苦，積了十數年的學識，我回國去，難道定能比他們來胡鬧的留學生更強麼？

人生百歲，年少的時候，只有七八年的光景，這最佳最美的七八年，我就不得不在這無情的島國裡虛度過去，可憐我今年已經是二十一了。

槁木的二十一歲！

死灰的二十一歲！

我真還不如變了礦物質的好，我大約沒有開花的日子了。

知識我也不要，名譽我也不要，我只要一個能安慰我體諒我的「心」。一副白熱的心腸！從這一副心腸裡生出來的同情！

從同情而來的愛情！

我所要求的就是愛情！

若有一個美人，能理解我的苦楚，她要我死，我也肯的。

若有一個婦人，無論她是美是醜，能真心真意的愛我，我也願意為她死的。

我所要求的就是異性的愛情！

蒼天呀蒼天，我並不要知識，我並不要名譽，我也不要那些無用的金錢，你若能賜我一個伊甸園內的「伊扶❽」，使她的肉體與心靈全歸我有，我就心滿意足了。

三

他的故鄉，是富春江上的一個小市，去杭州水程不過八九十里。這一條江水，發源安徽，貫流全浙，江形曲折，風景常新，唐朝有一個詩人讚這條江水說「一川如畫」。他十四歲的時候，請了一位先生寫了這四個字，貼在他的書齋裡，因為他的書齋的小窗，是朝著江面的。雖則這書齋結構不大，然而風雨晦明，春秋朝夕的風景，也還抵得過滕王高閣。在這小小的書齋裡過了十幾個春秋，他才跟了他的哥哥到日本來留學。

他三歲時候就喪了父親，那時候他家裡困苦得不堪。好容易他長兄在日本W大學卒了業，回到北京，考了一個進士，分發在法部當差，不上兩年，武昌的革命起來了。那時候他已在縣立小學堂卒了業，正在那裡換來換去的換中學堂。他家裡的人都怪他無恆性，說他的心思太活；然而依他自己講來，他以為他一個人同別的學生不同，不能按部就班的同他們同在一處求學的。所以他進了K府中學❾之後，不上半年又忽然轉到H府中學❿來；在H府中學住了三個月，革命就起來了。H府中學停學之後，他依舊只能回到他那小小的書齋裡來。第二年的春天，正是他十七歲的時候，他就進了H大學⓫的預科。這大學是在杭州城外，本來是美國長老會捐錢創辦的，所以學校裡浸潤了一種專制的弊風，學生的自由，幾乎被壓縮得同針眼兒一般的小。禮拜三的晚上有什麼祈禱會，禮拜日非但不准出去遊玩，並且在家裡看別的書也不准的，除了唱讚美詩祈禱之外，只許看新舊約書；每天早晨從九點鐘到九點二十分，定要去做禮拜，不去做禮拜，就要扣分數記過。他雖然非常愛那學校近旁的山水景物，然而他的心思，總有些反抗的意思，因為他是一個愛自由的人，對那些迷信的管束，怎麼也不甘心服從的。住不上半年，那大學裡的廚子，托了校長的勢，竟打起學生來。學生中間有幾個不服的，便去告訴校長，校長反說學生不是。他看看這些情形，實在是太無道理了，就立刻去告了退，仍復回家，到那小小的書齋裡去。那時候已經是六月初了。

在家裡住了三個多月，秋風吹到富春江上，兩岸的綠樹就快凋落的時候，他又坐了帆船，下富春江，上杭州去。卻好那時候石牌樓的W中學⓬正在那裡招插班生，他進去見了校長M氏，把他的經歷說給了M氏夫妻聽，M氏就許他插入最高的班裡去。這W中學原來也是一個教會學校，校長M氏，也是一個糊塗的美國宣教師，他看看這學校的內容倒比H大學不如了。與一位很卑鄙的教務長——原來這一位先生就是H大學的卒業生——鬧了一場，第二年的春天，他就出來了。出了W中學，他看看杭州的學校都不能如他的意，所以他就打算不再進別的學校去。

正是這個時候，他的長兄也在北京被人排斥了。原來他的長兄為人正直得很，在部裡辦事，鐵面無私，並且比一般部內的人物又多了一些學識，所以部內上下都忌憚他。有一天，某次長的私人來問他要一個位置，他執意不肯，因此次長就同他鬧起意見來，過了幾天，他就辭了部裡的職，改到司法界去做司法官去了。他的二兄，那時候正在紹興軍隊裡作軍官，這一位二兄，軍人習氣頗深，揮金如土，專喜結交俠少。他們弟兄三人，到這時候都不能如意之所為，所以那一小市鎮裡的閑人都說他們的風水破了。

他回家之後，便鎮日鎮夜的蟄居在他那小小的書齋裡。他父祖及他長兄所藏的書籍，就作了他的良師益友。他的日記上面，一天一天的記起詩來。有時候他也用了華麗的文章做起小說來；小說裡就把他自己當作了一個多情的勇士，把他鄰近的一家寡婦的兩個女兒，當作了貴族的苗裔，把他故鄉的風物，全編作了田園的清景；有興的時候，他還把他自家的小說，用單純的外國文翻譯起來；他的幻想愈演愈大了，他的憂鬱症的根苗，大概也就在這時候培養成功的。

在家裡住了半年，到了七月中旬，他接到他長兄的來信說：

院內近有派予赴日本考察司法事務之意，予已許院長以東行，大約此事不日可見命令，渡日之先，擬返里小住。三弟居家，斷非上策，此次當偕赴日本也。

他接到了這一封信之後，心中日日盼他長兄南來，到了九月下旬，他的兄嫂才自北京到家。住了一月，他就同他的長兄長嫂同到日本去了。

到了日本之後，他的 dreams of the romantic age 尚未醒悟，模模糊糊的過了半載，他就考入東京第一高等學校裡去了。這正是他十九歲的秋天。第一高等學校將開學的時候，他的長兄接到了院長的命令，要他回去。他的長兄便把他寄託在一家日本人的家裡，幾天之後，他的長兄長嫂和他的新生的姪女兒就回國去了。

東京的第一高等學校裡有一班預備班，是為中國學生特設的。在這預科裡預備一年，卒業之後才能入各地高等學校的正科，與日本學生同學。他考入預科的時候，本來填的是文科，後來將在預科卒業的時候，他的長兄定要他改到醫科去，他當時亦沒有什麼主見，就聽了他長兄的話把文科改了。

預科卒業之後，他聽說N市⓭的高等學校是最新的，並且N市是日本產美人的地方，所以他就要求到N市的高等學校去。

四

他的二十歲的八月二十九日的晚上，他一個人從東京的中央車站乘了夜行車到N市去。

那一天大約剛是舊曆的初三、四的樣子，同天鵝絨似的又藍又紫的天空裡，灑滿了一天星斗。半痕新月，斜掛在西天角上，卻似仙女的蛾眉，未加翠黛的樣子。他一個人靠著了三等車的車窗，默默的在那裡數窗外人家的燈火。火車在暗黑的夜氣中間，一程一程的進去，那大都市的星星燈火，也一點一點的朦朧起來，他的胸中忽然生了萬千哀感，他的眼睛裡就忽然覺得熱起來了。

「Sentimental, too sentimental!」

這樣的叫了一聲，把眼睛揩了一下，他反而自家笑起自家來。

「你也沒有情人留在東京，你也沒有弟兄知己住在東京，你的眼淚究竟是為誰灑的呀！或者是對於你過去的生活的傷感，或者是對你二年間的生活的餘情，然而你平時不是說不愛東京的麼？

「唉，一年人住豈無情。

「黃鶯住久渾相識，欲別頻啼四五聲！」

胡思亂想的尋思了一會，他又忽然想到初次赴新大陸去的清教徒身上去。

「那些十字架下的流人，離開他故鄉海岸的時候，大約也是悲壯淋漓，同我一樣的。」

火車過了橫濱，他的感情方才漸漸兒的平靜起來。呆呆的坐了一忽，他就取了一張明信片出來，墊在海涅[14](Heine)的詩集上，用鉛筆寫了一首詩寄他東京的朋友。

蛾眉月上柳梢初，又向天涯別故居。四壁旗亭[15]爭賭酒，六街燈火遠隨車。亂離年少無多淚，行李家貧只舊書。夜後蘆根秋水長，憑君南浦[16]覓雙魚[17]。

在朦朧的電燈光裡，靜悄悄的坐了一會，他又把海涅的詩集翻開來看了。

Lebet wohl, ihr glatten Saele,
Glatte Herren, glatte, Frauen!
Auf die Berge will ich steigen,
Lac end auf euch niederschauen!
Aus Heines Buch der Lieder.

浮薄的塵寰，無情的男女，
你看那隱隱的青山，我欲乘風飛去；

且住且住，
我將從那絕頂的高峰，笑看你終歸何處。

單調的輪聲，一聲聲連連續續的飛到他的耳膜上來，不上三十分鐘，他竟被這催眠的車輪聲引誘到夢幻的仙境裡去了。

早晨五點鐘的時候，天空漸漸兒的明亮起來。在車窗裡向外一望，他只見一線青天還被夜色包住在那裡。探頭出去一望，一層薄霧，籠罩著一幅天然的畫圖，他心裡想了一想：

「原來今天又是清秋的好天氣，我的福分，真可算不薄了。」

過了一個鐘頭，火車就到了N市的停車場。

下了火車，在車站上遇見了一個日本學生；他看看那學生的制帽上也有兩條白線，便知道他也是高等學校的學生。他走上前去，對那學生脫了一脫帽，問他說：

「第X高等學校是在什麼地方？」

那學生回答說：

「我們一路去吧。」

他就跟了那學生跑出火車站來；在火車站的前頭，乘了電車。早晨還早得很，N市的店家都還未曾起來。他同那日本學生坐了電車，經過了幾條冷清的街巷，就在鶴舞公園前面下了車。他問那日本學生說：

「學校還遠得很麼？」

「還有二里多路。」

穿過了公園，走到稻田中間的細路上的時候，他看見太陽已經起來了。稻上的露滴，還同明珠似的掛在那裡。前面有一叢樹林，樹林蔭裡，疏疏落落的看得見幾椽農舍。有兩三條煙囪筒子，突出在農舍的上面，隱隱約約的浮在清晨的空氣裡。一縷兩縷的青煙，同爐香似的在那裡浮動，他知道農家已在那裡炊早飯了。

到學校近邊的一家旅館去一問，他一禮拜前頭寄出的幾件行李，已經到在那裡。原來那一家人家是住過中國留學生的，所以主人待他也很殷勤。在那一家旅館裡住下了之後，他覺得前途好像有許多歡樂在那裡等他的樣子。

他的前途的希望，在第一天的晚上，就不得不被目前的實情嘲弄了。原來他的故里，也是一個小小的市鎮。到了東京之後，在人山人海的中間，他雖然時常覺得孤獨，然而東京的都市生活，同他幼時的習慣尚無十分齟齬的地方。如今到了這N

市的鄉下之後，他的旅館，是一家孤立的人家，四面並無鄰舍，左首門外便是一條如髮的大道，前後都是稻田，西面是一方池水，並且因為學校還沒有開課，別的學生還沒有到來，這一家寬曠的旅館裡，只住了他一個客人。白天倒還可以支吾過去，一到了晚上，他開窗一望，四面都是沉沉的黑影，並且因N市的附近是一大平原，所以望眼連天，四面並無遮障之處，遠遠裡有一點燈火，明滅無常，森然有些鬼氣。天花板裡，又有許多蟲鼠，息栗索落的在那裡爭食。窗外有幾株梧桐，微風動葉，颯颯的響得不已，因為他住在二層樓上，所以梧桐的葉戰聲，近在他的耳邊。他覺得害怕起來，幾乎要哭出來了。他對於都市的懷鄉病(nostalgia)，從未有比那一晚更甚的。

學校開了課，他朋友也漸漸兒的多起來。感受性非常強烈的他的性情，也同天空大地叢林野水融和了。不上半年，他竟變成了一個大自然的寵兒，一刻也離不了那天然的野趣了。

他的學校是在N市外，剛才說過N市的附近是一大平原，所以四邊的地平線，界限廣大得很。那時候日本的工業還沒有十分發達，人口也還沒有增加得同目下一樣，所以他的學校的近邊，還多是叢林空地，小阜低岡。除了幾家與學生做買賣的文房具店及菜館之外，附近並沒有居民。荒野的中間，只有幾家為學生而設的旅館，同曉天的星影一般，散綴在麥田瓜地的中央。晚飯畢後，披了黑呢的縵斗（le manteau）⑱，拿了愛讀的書，在遲遲不落的夕照中間散步逍遙，是非常快樂的。他的田園趣味，大約也是在這 Idyllic Wanderings 的中間養成的。

在生活競爭並不十分猛烈，逍遙自在，同中古時代一樣的時候；在風氣純良，不與市井小人同處，清閑雅淡的地方；過日子正如做夢一般。他到了N市之後，轉瞬之間，已經有半載多了。

熏風日夜的吹來，草色漸漸兒的綠起來。旅館近旁麥田裡的麥穗，也一寸一寸的長起來了。草木蟲魚都化育起來，他的從始祖傳來的苦悶也一日一日的增長起來，他每天早晨，在被窩裡犯的罪惡，也一次一次的加起來了。

他本來是一個非常愛高尚愛潔淨的人，然而一到了這邪念發生的時候，他的智力也無用了，他的良心也麻痹了，他從小服膺的「身體髮膚」「不敢毀傷」的聖訓，也不能顧全了。他犯了罪之後，每深自痛悔，切齒的說，下次總不再犯了，然而到了第二天的那個時候，種種幻想，又活潑潑的到他的眼前來。他平時所看見的「伊扶」的遺類，都赤裸裸的來引誘他。中年以後的 madam 的形體，在他的腦裡，比處女更有挑發他情動的地方。他苦悶一場，惡鬥一場，終究不得不做她們的俘虜。這樣的一次成了兩次，兩次之後就成了習慣了。他犯罪之後，每到圖書館裡去翻出醫書來看，醫書上都千篇一律的說，於身體最有害的就是這一種犯罪。從此之後，他的恐懼心也一天一天的增加起來。有一天他不知道從什麼地方得來的消息，好像是一本書上說，俄國近代文學的創設者 Gogol[19] 也犯這一宗病，他到死竟沒有改過來，他想到了 Gogol 心裡就寬了一寬，因為這《死了的靈魂》的著者，也是同他一樣的。然而這不過自家對自家的寬慰而已，他的胸裡，總有一種非常的憂慮存在那裡。

因為他是非常愛潔淨的，所以他每天總要去洗澡一次，因為他是非常愛惜身體的，所以他每天總要去吃幾個生雞子和牛乳；然而他去洗澡或吃牛乳雞子的時候，他總覺得慚愧得很，因為這都是他的犯罪的證據。

他覺得身體一天一天的衰弱起來，記憶力也一天一天的減退了。他又漸漸兒的生了一種怕見人面的心，見了婦女的時候，他覺得更加難受。學校的教科書，他漸漸的嫌惡起來，法國自然派[20]的小說和中國那幾本有名的誨淫小說，他念了又念，幾乎記熟了。

有時候他忽然做出一首好詩來，他自家便喜歡得非常，以為他的腦力還沒有破壞。那時候他每對著自家起誓說：

「我的腦力還可以使得，還能做得出這樣的詩，我以後決不再犯罪了。過去的事實是沒法，我以後總不再犯罪了。若從此自新，我的腦力還是很可以的。」

然而，到了緊迫的時候，他的誓言又忘了。

每禮拜四五，或每月的二十六七的時候，他索性盡意的貪起歡來。他的心裡想，自下禮拜一或下月初一起，我總不犯罪了。有時候正合到禮拜六或月底的晚上，去剃頭洗澡去，以為這就是改過自新的記號，然而過幾天，他又不得不吃雞子和牛乳了。

他的自責心同恐懼心，竟一日也不使他安閑，他的憂鬱症也從此厲害起來了。這樣的狀態繼續了一二個月，他的學校裡就放了暑假。暑假的兩個月內，他受的苦悶，更甚於平時；到了學校開課的時候，他的兩頰的顴骨更高起來，他的青灰色的眼窩更大起來，他的一雙靈活的瞳人，變了同死魚的眼睛一樣了。

五

秋天又到了。浩浩的蒼空，一天一天的高起來。他的旅館旁邊的稻田，都帶起黃金色來。朝夕的涼風，同刀也似的刺到人的心骨裡去，大約秋冬的佳日，來也不遠了。

一禮拜前的有一天午後，他拿了一本Wordsworth的詩集，在田塍路上逍遙漫步了半天。從那一天以後，他的循環性的憂鬱症，尚未離他的身過。前幾天在路上遇著的那兩個女學生，常在他的腦裡，不使他安靜，想起那一天的事情，他還是一個人要紅起臉來。

他近來無論上什麼地方去，總覺得有坐立難安的樣子。他上學校去的時候，覺得他的日本同學都似在那裡排斥他。他的幾個中國同學，也許久不去尋訪了，因為去尋訪了回來，他心裡反覺得空虛。他的幾個中國同學，怎麼也不能理解他的心理。他去尋訪的時候，總想得些同情回來的，然而談了幾句之後，他又不得不自悔尋訪錯了。有時候講得投機，他就任了一時的熱意，把他的內外的生活都講了出來，然而到了歸途，他又自悔失言，心理的責備，倒反比不去訪友的時候更加厲害。他的幾個中國朋友，因此都說他是染了神經病了。他聽了這話之後，對了那幾個中國同學，也同對日本學生一樣，起了一種復仇的心。他同他的幾個中國同學，一日一日的疏遠起來。雖在路上，或在學校裡遇見的時候，他同那幾個中國同學，也不點頭招呼。中國留學生開會的時候，他當然是不去出席的。因此他同他的幾個同胞，竟宛然成了兩家仇敵。

他的中國同學的裡邊，也有一個很奇怪的人，因為他自家的結婚有些道德上的罪惡，所以他專喜講人的醜事，以掩己之不善，說他是神經病，也是這一位同學說的。

他交遊離絕之後，孤冷得幾乎到將死的地步，幸而他住的旅館裡，還有一個主人的女兒，可以牽引他的心，否則他真只能自殺了。他旅館的主人的女兒，今年正是十七歲，長方的臉兒，眼睛大得很，笑起來的時候，面上有兩顆笑靨，嘴裡有一顆金牙看得出來，因為她的笑容是非常可愛，所以她也時常在那裡笑的。

他心裡雖然非常愛她，然而她送飯來或來替他鋪被的時候，他總裝出一種兀不可犯的樣子來。他心裡雖想對她講幾句話，然而一見了她，他總不能開口。她進他房裡來的時候，他的呼吸竟急促到吐氣不出的地步。他在她的面前實在是受苦不起了，所以近來她進他的房裡來的時候，他每不得不跑出房外去。然而他思慕她的心情，卻一天一天的濃厚起來。有一天禮拜六的晚上，旅館裡的學生都上Ｎ市去行樂去。他因為經濟困難，所以吃了晚飯，上西面池上去走了一回，就回來了。

回家來坐了一會，他覺得那空曠的二層樓上，只有他一個人在家。靜悄悄的坐了不耐煩起來的時候，他又想跑出外面去。然而要跑出外面去，不得不由主人的房門口經過，因為主人和他女兒的房，就在大門的邊上。他記得剛才進來的時候，主人和他的女兒正在那兒吃飯。他一想到經過她面前的時候的苦楚，就把跑出外面去的心思丟了。

拿出一本 G. Gissing 的小說來讀了三四頁之後，靜寂的空氣裡，忽然傳了幾聲緻緻的潑水聲音過來。他靜靜兒的聽了一聽，呼吸又一霎時的急了起來，面色也漲紅了。遲疑了一會，他就輕輕的開了房門，拖鞋也不拖，幽手幽腳的走下扶梯去。輕輕的開了便所的門，他盡兀兀的站在便所的玻璃窗口偷看。原來他旅館裡的浴室，就在便所的間壁，從便所的玻璃窗裡看去，浴室裡的動靜了了可見。他起初以為看一看就可以走的，然而到了一看之後，他竟同被釘子釘住的一樣，動也不能動了。

那一雙雪樣的乳峰！

那一雙肥白的大腿！

這全身的曲線！

呼氣也不呼，仔仔細細的看了一會，他面上的筋肉都發起痙來。愈看愈顫得厲害，他那發顫的前額部竟同玻璃窗衝擊了一下。被蒸氣包住的那赤裸裸的「伊扶」便發了嬌聲問說：

「是誰呀……」

他一聲也不響，急忙跳出了便所，就三腳兩步的跑上樓上去了。

他跑到了房裡，面上同火燒的一樣，口也乾渴了。一邊他自家打自家的嘴巴，一邊就把他的被窩拿出來睡了。他在被窩裡翻來覆去，總睡不著，便立起了兩耳，聽起樓下的動靜來。他聽聽潑水的聲音也息了，浴室的門開了之後，他聽見她的腳步聲好像是走上樓來的樣子。用被包著了頭，他心裡的耳朵明明告訴他說：

「她已經立在門外了。」

他覺得全身的血液都往上奔注的樣子。心裡怕得非常，羞得非常，也喜歡得非常，然而若有人問他，他無論如何，總不肯承認說，這時候他是喜歡的。

他屏住了氣息，尖著了兩耳聽了一會，覺得門外並無動靜，又故意咳嗽了一聲，門外亦無聲響。他正在那裡疑惑的時候，忽聽見她的聲音，在樓下同她的父親在那裡說話。他手裡捏了一把冷汗，拚命想聽出她的話來，然而無論如何總聽不清楚。

停了一會，她的父親高聲的笑了起來。他把被蒙頭的一罩，咬緊了牙齒說：

「她告訴了他了！她告訴了他了！」

這一天的晚上，他一睡也不曾睡著。第二天的早晨，天亮的時候，他就驚心吊膽的走下樓來。洗了手面，刷了牙，趁主人和他的女兒還沒有起來之先，他就同逃也似的出了那個旅館，跑到外面來。

官道上的沙塵，染了朝露，還未曾乾著。太陽已經起來了。他不問皂白，一直的往東走去。遠遠有一個農夫，拖了一車野菜慢慢的走來。那農夫同他擦過的時候，忽然對他說：

「你早啊！」

他倒驚了一跳，那清瘦的臉上又起了一層紅潮，胸前又亂跳起來，他心裡想：

「難道這農夫也知道了麼？」

無頭無腦的跑了好久，他回轉頭來看看他的學校，已經遠得很了。太陽也升高了。他摸摸錶看，那銀餅大的錶也不在身邊。從太陽的角度看起來，大約已經是九點鐘前後的樣子。他雖然覺得飢餓得很，然而無論如何，總不願意再回到那旅館裡去，同主人和他的女兒相見。想去買些零食充一充飢，然而他摸摸自家的袋看，袋裡只剩了一角二分錢在那裡。他到一家鄉下的雜貨店內，盡那一角二分錢，買了些零碎的食物，想去尋一處無人看見的地方去吃去。走到了一處兩路交叉的十字路口，他朝南一望，只見與他的去路橫交的那一條自北趨南的路上，行人稀少得很。那一條路是向南斜低下去的，兩面更有高壁在那裡，他知道這路是從一條小山中開闢出來的。他剛才走來的那條大道，便是這山的嶺脊，十字路當作了中心，與嶺脊上的那條大道相交的橫路，是兩邊低斜下去的。在十字路口遲疑了一會，他就取了那一條向南斜下的路走去。走盡了兩面的高壁，他的去路就穿入大平原去，直通到彼岸的市內。平原的彼岸有一簇深林，劃在碧空的心裡，他心裡想：

「這大約就是A神宮了。」

他走盡了兩面的高壁，向左手斜面上一望，見沿高壁的那山面上有一道女牆，圍住著幾間茅舍，茅舍的門上懸著了「香雪海」三字的一方匾額。他離開了正路，走上幾步，到那女牆的門前，順手的向門一推，那兩扇柴門竟自開了。他就隨隨便便的踏了進去，門內有一條曲徑，自門口通過了斜面，直達到山上去的。曲徑的兩旁，有許多蒼老的梅樹種在那裡，他知道這就是梅林了。順了那一條曲徑，往北的從斜面上走到山頂的時候，一片同圖畫似的平地，展開在他的眼前。這園自從山腳上起，跨有朝南的半山斜面，同頂上的一塊平地，布置得非常幽雅。

山頂平地的西面是千仞的絕壁，與隔岸的絕壁相對峙，兩壁的中間，便是他剛走過的那一條自北趨南的通路。背臨著了那絕壁，有一間樓屋，幾間平屋造在那裡。因為這幾間屋，門窗都閉在那裡，他所以知道這定是為梅花開日賣酒食用的。樓屋的前面有一塊草地，草地中間有幾方白石，圍成了一個花圈，圈子裡，臥著一枝老梅。那草地的南盡頭，山頂的平地正要向南斜下去的地方，有一塊石碑立在那裡，係記這梅林的歷史的。他在碑前的草地上坐下之後，就把買來的零食拿出來吃了。

吃了之後，他兀兀的在草地上坐了一會。四面並無人聲，遠遠的樹枝上時有一聲兩聲的鳥鳴聲飛來。他仰起頭來看看澄清的碧空，同那皎潔的日輪，覺得四面的樹枝房屋，小草飛禽，都一樣的在和平的太陽光裡受大自然的化育。他那昨天晚上的犯罪的記憶，正同遠海的帆影一般，不知消失到哪裡去了。

這梅林的平地上和斜面上，又來又去的曲徑很多。他站起來走來走去的走的一會，方曉得斜面上梅樹的中間，更有一間平屋造在那裡。從這一間房屋往東的走去幾步，有眼古井，埋在松葉堆中。他搖搖井上的唧筒看：呷呷的響了幾聲，卻抽不起水來。他心裡想：

「這園大約只有梅花開的時候開放一下，平時總沒有人住的。」

想到這裡，他又自言自語的說：

「既然空在這裡，我何妨去問園主人去借住借住。」

想定了主意，他就跑下山來，打算去尋園主人去。他將走到門口的時候，卻好遇見一個五十來歲的農夫走進園來。他對那農夫道歉之後，就問他說：

「這園是誰的，你可知道麼？」

「這園是我經管的。」

「你住在什麼地方的？」

「我住在路的那面的。」

一邊這樣的說，一邊那農民指著道路西邊的一間小屋給他看。他向西一看，果然在西邊的高壁盡頭的地方，有一間小屋在那裡。他點了點頭，又問說：

「你可以把園內的那間樓屋租給我住住麼？」

「可是可以的，你只一個人麼？」

「我只一個人。」

「那你可不必搬來的。」

「這是什麼緣故呢?」

「你們學校的學生,已經有幾次搬來過了,大約都因為冷靜不過,住不上十天就搬走的。」

「我可同別人不同,你但能租給我,我是不怕冷靜的。」

「這樣豈有不租的道理,你想什麼時候搬來?」

「就是今天午後吧。」

「可以的,可以的。」

「請你替我掃一掃乾淨,免得搬來之後著忙。」

「可以可以,再會!」

「再會!」

六

搬進了山上梅園之後,他的憂鬱症(hypochondria)又變起形狀來了。

他同他的北京的長兄,為了一些兒細事,竟生起齟齬來。他發了一封長長的信,寄到北京，同他的長兄絕了交。

那一封信發出之後，他呆呆的在樓前草地上想了許多時候。他自家想想看，他便是世界上最不幸的人了。其實這一次的決裂，是發始於他的。同室操戈，事更甚於他姓之相爭，自此之後，他恨他的長兄竟同蛇蠍一樣。他被他人欺侮的時候，每把他長兄拿出來作比：

「自家的弟兄尚且如此，何況他人呢！」

他每達到這一個結論的時候，必盡把他長兄待他苛刻的事情，細細回想出來。把各種過去的事跡列舉出來之後，就把他長兄判決是一個惡人，他自家是一個善人。他又把自家的好處列舉出來，把他所受的苦處誇大的細數起來。他證明得自家是一個世界上最苦的人的時候，他的眼淚就同瀑布似的流下來。他在那裡哭的時候，空中好像有一種柔和的聲音對他說：

「啊呀，哭的是你麼？那真是冤屈了你了。像你這樣的善人，受世人的那樣的虐待，這可是真冤屈了你了。罷了罷了，這也是天命，你別再哭了，怕傷害了你的身體！」

他心裡一聽到這一種聲音，就舒暢起來。他覺得悲苦的中間，也有無窮的甘味在那裡。

他因為想復他長兄的仇，所以就把所學的醫科丟棄了，改入文科裡去。他的意思，以為醫科是他長兄要他改的，仍舊改回文科，就是對他長兄宣戰的一種明示。並且他由醫科改入文科，在高等學校須遲卒業一年。他心裡想，遲卒業一年，就是早死一歲，你若因此遲了一年，就到死可以對你長兄含一種敵意。因為他恐怕一二年之後，他們兄弟兩人的感情，仍舊和好起來；所以這一次的轉科，便是幫他永久敵視他長兄的一個手段。

氣候漸漸兒的寒冷起來，他搬上山來之後，已經有一個月了。幾日來天氣陰鬱，灰色的層雲，天天掛在空中。寒冷的北風吹來的時候，梅林的樹葉已將凋落起來。

初搬來的時候，他賣了些舊書，買了許多炊飯的器具，自家燒了一個月飯，因為天冷了，他也懶得燒了。他每天的伙食，就一切包給了山腳下的園丁家包辦，他近來只同退院的閑僧一樣，除了怨人罵己之外，更沒有別的事了。

有一天早晨，他侵早的起來。把朝東的窗門開了之後，他看見前面的地平線上有幾縷紅雲，在那裡浮蕩。東天半角，反照出一種銀紅的灰色。因為昨天下了一天微雨，所以他看了這清新的旭日，比平日更添了幾分歡喜。他走到山的斜面上，從那古井裡汲了水，洗了手面之後，覺得滿身的氣力，一霎時回復轉來的樣子。他便跑上樓去，拿了一本黃仲則㉑的詩集下來，一邊高聲朗讀，一邊盡在那梅林的曲徑裡，跑來跑去的跑圈子。不多一會，太陽起來了。

從他住的山頂向南方看去，眼下看得出一大平原。平原裡的稻田都尚未收割起。金黃的谷色，以紺碧的天空作了背景，反映著一天太陽的晨光，那風景正同看密來㉒(Millet) 的田園清畫一般。

他覺得自家好像已經變了幾千年前的原始基督教徒的樣子，對了這自然的默示，他不覺笑起自家的氣量狹小起來。

「饒赦了！饒赦了！你們世人得罪於我的地方，我都饒赦了你們罷！來，你們來，都來同我講和罷！」

手裡拿著了那一本詩集，眼裡浮著了兩泓清淚，正對了那平原的秋色呆呆的立在那裡想這些事情的時候，他忽聽見他的近邊，有兩人在那裡低聲的說：

「今晚上你一定要來的哩！」

這分明是男子的聲音。

「我是非常想來的，但是恐怕……」

他聽了這嬌滴滴的女子的聲音之後，好像是被電氣貫穿了的樣子，覺得自家的血液循環都停止了。原來他的身邊有一叢長大的葦草生在那裡，他立在葦草的右面，那一對男女，大約是在葦草的左面，所以他們兩個還不曉得隔著葦草，有人站在那裡。那男人又說：

「你心真好，請你今晚來吧，我們到如今還沒在被窩裡××。」

「……」

他忽然聽見兩人的嘴唇，咂咂的好像在那裡吮吸的樣子。他正同偷了食的野狗一樣，就驚心吊膽的把身子屈倒去聽了。

「你去死罷，你去死罷，你怎麼會下流到這樣的地步。」

他心裡雖然如此的在那裡痛罵自己，然而他那一雙尖著的耳朵卻一言半語也不願意遺漏，用了全副精神在那裡聽著。

地上的落葉索息索息的響了一下。

解衣帶的聲音。

男人嘶嘶的吐了幾口氣。

舌尖吮吸的聲音。

女人半輕半重，斷斷續續的說：

「你！……你！……你快……快××罷。……別……別……別被人……被人看見了。」

他的面色，一霎時的變了灰色了。他的眼睛同火也似的紅了起來。他的上顎骨同下顎骨呷呷的發起顫來。他再也站不住了。他想跑開去，但是他的兩隻腳，總不聽他的話。他苦悶了一場，聽聽兩人出去之後，就同落水的貓狗一樣，回到樓上房裡去，拿出被窩來睡了。

七

他飯也不吃，一直在被窩裡睡到午後四點鐘的時候才起來。那時候夕陽灑滿了遠近。平原的彼岸的樹林裡，有一帶蒼煙，悠悠揚揚的籠罩在那裡。他踉踉蹌蹌的走下了山，上了那一條自北趨南的大道，穿過了那平原，無頭無緒的盡是向南走去。走盡了平原，他已經到了A神宮前的電車停留處了。那時候恰好從南面有一乘電車到來，他不知不覺就乘了上去，既不知道他究竟為什麼要乘電車，也不知道這電車是往什麼地方去的。

走了十五六分鐘，電車停了，開車的教他換車，他就換了一乘車。走了二三十分鐘，電車又停了，他聽見說是終點了，他就走了下來。他的面前就是築港了。

前面一片汪洋的大海，橫在午後的太陽光裡，在那裡微笑。超海而南有一發青山，隱隱的浮在透明的空氣裡。西邊是一脈長堤，直馳到海灣的心裡去。堤外有一處燈臺，同巨人似的立在那裡。幾艘空船和幾只舢板，輕輕的在繫著的地方浮蕩。海中近岸的地方，有許多浮標，飽受了斜陽，紅紅的浮在那裡。遠處風來，帶著幾句單調的話聲，既聽不清楚是什麼話，也不知道是從哪裡來的。

他在岸邊上走來走去走了一會，忽聽見那一邊傳過了一陣擊磬的聲來。他跑過去一看，原來是為喚渡船而發的。他立了一會，看有一只小火輪從對岸過來了。跟著了一個四五十歲的工人，他也進了那只小火輪去坐下了。

渡到東岸之後，上前走了幾步，他看見靠岸有一家大莊子在那裡。大門開得很大，庭內的假山花草，布置得楚楚可愛。他不問是非，就踱了進去。走不上幾步，他忽聽得前面家中有女人的嬌聲叫他說：

「請進來嚇！」

他不覺驚了一頭，就呆呆的站住了。他心裡想：

「這大約就是賣酒食的人家，但是我聽見說，這樣的地方，總有妓女在那裡的。」

一想到這裡，他的精神就抖擻起來，好像是一桶冷水澆上身來的樣子。他的面色立時變了。要想進去又不能進去，要想出來又不得出來；可憐他那同兔兒似的小膽，同猿猴似的淫心，竟把他陷到一個大大的難境裡去了。

「進來嚇！請進來嚇！」裡面又嬌滴滴的叫了起來，帶著笑聲。

「可惡東西，你們竟敢欺我膽小麼？」

這樣的怒了一下，他的面色更同火也似的燒了起來。咬緊了牙齒，把腳在地上輕輕的蹬了一蹬，他就捏了兩個拳頭向前進去，好像是對了那幾個年輕的侍女宣戰的樣子。但是他那青一陣紅一陣的面色，和他的面上微微兒在那裡振動的筋肉，他總隱藏不過。他走到那幾個侍女的面前的時候，幾乎要同小孩似的哭出來了。

「請上來！」

「請上來！」

他硬了頭皮，跟了一個十七八歲的侍女走上樓去，那時候他的精神已經有些鎮靜下來了。走了幾步，經過一條暗暗的夾道的時候，一陣惱人的粉花香氣，同日本女人特有的一種肉的香味，和頭髮上的香油氣息合作了一處，撲上他的鼻孔裡來。他立刻覺得頭暈起來，眼睛裡看見了幾顆火星，向後面跌也似的退了一步。他再定睛一看，只見他的前面黑暗暗的中間，有一長圓形的女人的粉面，堆著了微笑在那裡問他說：

「你！你還是上靠海的地方去呢，還是怎樣？」

他覺得女人口裡吐出來的氣息，也熱和和的噴上他的面來。他不知不覺把這氣息深深的吸了一口。他的意識感覺到他這行為的時候，他的面色又立刻紅了起來。他不得已只能含含糊糊的答應她說：

「上靠海的房間裡去。」

進了一間靠海的小房間，那侍女便問他要什麼菜。他就回答說：

「隨便拿幾樣來吧。」

「酒要不要？」

「要的。」

那侍女出去之後，他就站起來推開了紙窗，從外邊放了一陣空氣進來。因為房裡的空氣沉濁得很，他剛才在夾道中聞過的那一陣女人的香味，還剩在那裡，他實在是被這一陣氣味壓迫不過了。

一灣大海，靜靜的浮在他的面前。外邊好像是起了微風的樣子，一片一片的海浪，受了陽光的返照，同金魚的魚鱗似的在那裡微動。他立在窗前看了一會，低聲的吟了一句詩出來：

「夕陽紅上海邊樓。」

他向西一望，見太陽離西南的地平線只有一丈多高了。呆呆的看了一會，他的心思怎麼也離不開剛才的那個侍女。她的口裡的頭上的面上的和身體上的那一種香味，怎麼也不容他的心思去想別的東西。他才知道他想吟詩的心是假的，想女人的肉體的心是真的了。

停了一會，那侍女把酒菜搬了進來，跪坐在他的面前，親親熱熱的替他上酒。他心裡想仔仔細細的看她一眼，把他的心裡的苦悶都告訴了她，然而他的眼睛怎麼也不敢平視她一眼，他的舌根怎麼也不能搖動一搖動。他不過同啞子一樣，偷看著她那擱在膝上的一雙纖嫩的白手，同衣縫裡露出來的一條粉紅的圍裙角。

原來日本的婦人都不穿褲子，身上貼肉只圍著一條短短的圍裙。外邊就是一件長袖的衣服，衣服上也沒有鈕扣，腰裡只縛著一條一尺多寬的帶子，後面結著一個方結。她們走路的時候，前面的衣服每一步一步的掀開來，所以紅色的圍裙，同肥白的腿肉，每能偷看。這是日本女子特別的美處，他在路上遇見女子的時候，注意的就是這些地方。他切齒的痛罵自己，畜生！狗賊！卑怯的人！也便是這個時候。

他看了那侍女的圍裙角，心裡便亂跳起來。愈想同她說話，他覺得愈講不出話來。大約那侍女是看得不耐煩起來了，便輕輕的問他說：

「你府上是什麼地方？」

一聽了這一句話，他那清瘦蒼白的面上，又起了一層紅色；含含糊糊的回答了一聲，他吶吶的總說不出話來。可憐他又站在斷頭臺上了。

原來日本人輕視中國人，同我們輕視豬狗一樣。日本人都叫中國人作「支那人」，這「支那人」三字，在日本，比我們罵人的「賤賊」還更難聽，如今在一個如花的少女前頭，他不得不自認說「我是支那人」了。

「中國呀中國，你怎麼不強大起來！」

他全身發起痙來，他的眼淚又快滾下來了。

那侍女看他發顫發得厲害，就想讓他一個人在那裡喝酒，好教他把精神安靜安靜，所以對他說：

「酒就快沒有了，我再去拿一瓶來吧。」

停了一會，他聽得那侍女的腳步聲又走上樓來。他以為她是上他這裡來的，所以就把衣服整了一整，姿勢改了一改。但是他被她欺了。她原來是領了兩三個另外的客人，上間壁的那一間房間裡去的。那兩三個客人都在那裡對那侍女取笑，那侍女也嬌滴滴的說：

「別胡鬧了，間壁還有客人在那裡。」

他聽了就立刻發起怒來。他心裡罵他們說：

「狗才！俗物！你們都敢來欺侮我麼？復仇復仇，我總要復你們的仇。世間哪裡有真心的女子！那侍女的負心東西，你竟敢把我丟了麼？罷了罷了，我再也不愛女人了，我再也不愛女人了。我就愛我的祖國，我就把我的祖國當作了情人吧。」

他馬上就想跑回去發憤用功。但是他的心裡，卻很羨慕那間壁的幾個俗物。他的心裡，還有一處地方在那裡盼望那個侍女再回到他這裡來。

他按住了怒，默默的喝乾了幾杯酒，覺得身上熱起來。打開了窗門，他看看太陽就快要下山去了。又連飲了幾杯，他覺得他面前的海景都朦朧起來。西面堤外的那燈臺的黑影，長大了許多。一層茫茫的薄霧，把海天融混作了一處。在這一層混沌不明的薄紗影裡，西方那將落不落的太陽，好像在那裡惜別的樣子。他看了一會，不知道是什麼緣故，只覺得好笑。呵呵的笑了一回，他用手擦擦自家那火熱的雙頰，便自言自語的說：

「醉了醉了！」

那侍女果然進來了。見他紅了臉，立在窗口在那裡痴笑，便問他說：

「窗開了這樣大，你不冷的麼？」

「不冷不冷，這樣好的落照，誰捨得不看呢？」

「你真是一個詩人呀！酒拿來了。」

「詩人！我本來是一個詩人。你去把紙筆拿了來，我馬上寫一首詩給你看看。」

那侍女出去了之後，他自家覺得奇怪起來。他心裡想：

「我怎麼會變了這樣大膽的？」

痛飲了幾杯新拿來的熱酒，他更覺得快活起來，又禁不得呵呵的笑了一陣。他聽見間壁房間裡的那幾個俗物，高聲的唱起日本歌來，他也放大了嗓子唱著說：

「醉拍欄杆酒意寒，江湖寥落又冬殘。劇憐鸚鵡中州骨，未拜長沙太傅官。一飯千金圖報易，五噫幾輩出關難。茫茫煙水回頭望，也為神州淚暗彈。」

高聲的念了幾遍，他就在席上醉倒了。

八

一醉醒來，他看見自家睡在一條紅綢的被裡，被上有一種奇怪的香氣。這一間房間也不很大，但已不是白天的那一間房間了。房中掛著一盞十燭光的電燈，枕頭邊上擺著了一壺茶，兩只杯子。他倒了二三杯茶，喝了之後，就踉踉蹌蹌的走到房外去。他開了門，卻好白天的那侍女也跑過來了。她問他說：

「你！你醒了麼？」

他點了一點頭，笑微微的回答說：

「醒了。廁所是在什麼地方的？」

「我領你去吧。」

他就跟了她去。他走過日間的那道夾道的時候，電燈點得明亮得很。遠近有許多歌唱的聲音，三弦的聲音，大笑的聲音，傳到他的耳朵裡來。白天的情節，他都想了出來。一想到酒醉之後，他對那侍女說的那些話的時候，他覺得面上又發起燒來。

從廁所回到房裡之後，他問那侍女說：

「這被是你的麼？」

侍女笑著說：

「是的。」

「現在是什麼時候了？」

「大約是八點四十五分的樣子。」

「你去開了賬來罷！」

「是。」

他付清了賬，又拿了一張紙幣給那侍女，他的手不覺微顫起來。那侍女說：

「我是不要的。」

他知道她是嫌少了。他的面色又漲紅了，袋裡摸來摸去，只有一張紙幣了，他就拿了出來給她說：

「你別嫌少了，請你收了吧。」

他的手震動得更加厲害。他的話聲也顫動起來了。那侍女對他看了一眼，就低聲的說：

「謝謝！」

他一直的跑下了樓，套上了皮鞋，就走到外面來。

外面冷得非常，這一天，大約是舊曆的初八九的樣子。半輪寒月，高掛在天空的左半邊。淡青的圓形天蓋裡，也有幾點疏星，散在那裡。

他在海邊上走了一會，看看遠岸的漁燈，同鬼火似的在那裡招引他。細浪中間，映著了銀色的月光，好像是山鬼的眼波，在那裡開閉的樣子。不知是什麼道理，他忽想跳入海裡去死了。

他摸摸身邊看，乘電車的錢也沒有了。想想白天的事情看，他又不得不痛罵自己。

「我怎麼會走上那樣的地方去的，我已經變了一個最下等的人了。悔也無及，悔也無及。我就在這裡死了吧。我所求的愛情，大約是求不到了。沒有愛情的生涯，豈不同死灰一樣麼？唉，這乾燥的生涯，這乾燥的生涯。世上的人又都在那裡仇視我，欺侮我，連我自家的親兄弟，自家的手足，都在那裡擠我出去到這世界外去。我將何以為生，我又何必生存在這多苦的世界裡呢！」

想到這裡，他的眼淚就連連續續的滴下來。他那灰白的面色，竟同死人沒有分別了。他也不舉起手來揩揩眼淚，月光射到他的面上，兩條淚線倒變了葉上的朝露一樣放起光來。他回轉頭來，看看他自家的那又瘦又長的影子，不覺心痛起來。

「可憐你這清影，跟了我二十一年，如今這大海就是你的葬身地了。我的身子雖然被人家欺辱，我可不該累你也瘦弱到這地步的。影子呀影子，你饒了我罷！」

他向西面一看，那燈臺的光，一霎變了紅一霎變了綠的，在那裡盡它的本職。那綠的光射到海面上的時候，海面就現出一條淡青的路來。再向西天一看，他只見西方青蒼蒼的天底下，有一顆明星，在那裡搖動。

「那一顆搖搖不定的明星的底下，就是我的故國，也就是我的生地。我在那一顆星的底下，也曾送過十八個秋冬。我的鄉土嚇，我如今再不能見你的面了。」

他一邊走著，一邊盡在那裡自傷自悼的想這些傷心的哀話。走了一會，再向那西方的明星看了一眼，他的眼淚便同驟雨似的落下來。他覺得四邊的景物，都模糊起來。把眼淚揩了一下，立住了腳，長嘆了一聲，他便斷斷續續的說：

「祖國呀祖國！我的死是你害我的！

「你快富起來，強起來吧！

「你還有許多兒女在那裡受苦呢！」

一九二一年五月九日改作

注釋

❶Wordsworth　全名 William Wordsworth (1770–1850)，通譯為威廉・華滋華斯，英國田園詩人，父親為律師，年輕時曾入劍橋大學，但不喜學院生活，酷愛旅行。一七九〇年，他徒步旅遊法國、阿爾卑斯山、義大利，一七九一年底回到法國，並在法國居留一年，此期間，他熱衷於法國大革命及共和理想，並和一位醫生的女兒 Annette Vallon 熱戀，生下一名女兒。一七九三年返回英國後，寫了許多詩句描繪阿爾卑斯山的美景與雄偉。兩年後，朋友遺留給他一筆九百英鎊的金錢讓他能無慮地寫詩。此時，他認識了另一位大詩人 Samuel Taylor Coleridge (1772–1834)，並與妹妹 Dorothy (1771–1855) 移家與之為鄰，兩人成為終身朋友。一八〇二年，華氏兄妹赴法探望 Annette，同年底，詩人和 Mary Hutchinson 結婚，此後育有五名子女，但有兩名夭折。晚年的詩人放棄了年輕時激進的革命熱情，漸趨保守。詩篇則多描寫自然風光及旅行所見。重要詩集有《抒情歌謠》(*Lyrical Ballads*, 1798)，《雜詩》(*Miscellaneous Poems*, 1815)，《序曲》(*The Prelude*, 1850)。華氏在 Robert Southey (1774–1843)

死後繼任為桂冠詩人，但這項榮譽並沒有為他帶來年輕一代浪漫詩人的認同，拜倫 (George Gordon Byron, 1788–1824) 和雪萊 (Percy Bysshe Shelley, 1792–1822) 嘲笑他的詩質樸平板，布朗寧 (Robert Browning, 1812–1889) 和赫茲立 (William Hazlitt, 1778–1830) 哀嘆他為「失落的領導者」，因為他放棄了早年的理想。另方面，華氏卻也備受作家如阿諾德 (Matthew Arnold, 1822–1888)、密爾 (John Stuart Mill, 1806–1873) 的尊崇。

❷以太 (Ether)　一種被認為充滿在外太空中的稀有物質。又在光的波動理論中，以太被認為是傳導橫波的介質。另，一種揮發性溶劑，常用以麻醉的化學物質也被稱為以太，其原子結構為 $C_4H_{10}O$。

❸愛美生　全名為 Ralph Waldo Emerson (1803–1882)，通譯為愛默生，美國哲學家和詩人，生於波士頓，父親為牧師，在他八歲時棄世，他和其他四名兄弟由母親在艱困中撫養長大。入哈佛大學主修神學，並被授職為牧師，但在第一任妻子死後辭去神職，於一八三二年赴歐陸，次年訪英，結識柯立芝和華滋華斯、卡來爾 (Thomas Carlyle, 1795–1881)。返美之後，愛氏演繹出近似宗教的超驗主義 (Transcendentalism)，筆之於書，成了《自然論》(*On Nature*, 1836)，認為自然是思想的化身 (Nature is the incarnation of thought)，這種神祕的理想主義和華滋華斯對大自然的崇敬對美國思潮產生了重大的影響。在一八三七年哈佛大學演講中，他力主美國學者應在思想上從歐洲獨立出來。之後，他潛心研究柏拉圖、史威登柏格 (Emanuel Swedenborg, 1688–1772，瑞典哲學家、科學家和神祕主義者)、拿破崙等歷史上的巨人，卻

是受到英國朋友卡來爾英雄崇拜觀的影響。愛氏的作品和思想深為他的追隨者梭羅所信服，但他在美國文學的影響力反不及梭羅。

❹沙羅　全名是 Henry David Thoreau (1817–1862)，通譯為梭羅，美國作家，出生於麻州，受教育於哈佛大學，父親經營鉛筆工廠，他後來亦曾賴此維生，並擔任過學校教師及測量員。一生只出版過兩部作品：《在康考特河和梅莉河一週記》(*A Week on the Concord and Merrimack Rivers*) 和《湖濱散記》(*Walden, or Life in the Woods*)。後者描述他在華爾騰湖畔小屋兩年自給自足的生活。梭羅曾在一八四三年因反對墨西哥戰爭和奴隸制度而抗稅，一八四五年因此短暫入獄，後來他在一八四九年發表〈公民反抗權〉(*Civil Disobedience*) 一文，宣稱個人可基於良知而抗稅。梭氏的政治思想和自然觀在他逝世後更廣為世人所知。

❺Zarathustra　希臘文作 Zoroaster，為祆教創始人，生於西元前六世紀之波斯。祆教視世界為二元，一為邪惡之神 (Ahriman)，代表黑暗，一為善良之神 (Ormazd)，代表光明，中間則是 Ormazd 所創造的人類。本文中的 Zarathustra 出自尼采 (Friedrich Wilhelm Nietsche, 1844–1900) 的著作 *Thus Spake Zarathustra*，此書為一部哲學散文，共有四章，是尼采在三十九歲那年因養病居於阿爾卑斯山時動筆開始創作的，一八九二年始完成。尼采透過傳說中的祆教教主來宣揚他的超人哲學，認為基督教義充滿奴隸精神，所以宣布上帝已死，未來人類的希望在於超人 (Ubermensch)，他的超人哲學影響了蕭伯納 (George Bernard Shaw, 1856–1950) 的劇本《人和超人》(*Man and Superman*, 1894)，在此劇中，戀愛中的男女追求對

象完全以優生學為考量，以繁衍下一代的超人為婚姻的目的。超人哲學只是一種理想，所以郁達夫把文中主角的妄想症視同 Zarathustra 說的話。

❻megalomania　英文，妄想症。

❼hypochondria　英文，抑鬱症。

❽伊扶　伊甸園，《聖經》故事中亞當和夏娃最初生活的地方。「伊扶」即夏娃，上帝創造的第一個女人。

❾K府中學　即嘉興府中學，郁達夫在一九一一年考入嘉興府中學，見〈遠一程，再遠一程——自傳之五〉，及郁雲著《郁達夫傳》。

❿H府中學　即杭州府中學，見郁氏〈孤獨者——自傳之六〉及《郁達夫傳》。

⓫H大學　即之江大學，郁氏在一九一二年九月入之江大學預科。見〈孤獨者——自傳之六〉。

⓬W中學　即美國浸信會辦的蕙蘭中學，見〈大風圈外——自傳之七〉及《郁達夫傳》。

⓭N市　即名古屋 (Nagoya)，郁氏在一九一五年入名古屋第八高校醫科，見〈雪夜——自傳之一章〉。

⓮海涅　全名 Heinrich Heine (1797–1856)，猶太裔德國詩人，一八三〇年移居巴黎。以德文和法文創作，作品大多為抒情詩，自稱「最後的浪漫主義者」。其詩每被譜為歌曲傳唱，廣受歡迎。主要著作有《詩歌集》(*Buch der Lieder*)、《浪漫派》(*Die romantische Schule*) 等。

⓯旗亭　市樓，因樓上立旗，故名。唐薛用弱《集異記》載：「開元中，詩人王昌齡、高適、

王之渙齊名，一日天寒微雪，三詩人共詣旗亭，貰酒小飲。」後世因以旗亭為酒樓代稱。旗亭唱和之事則有之，但《集異記》中載歌女唱王昌齡「寒雨連江夜入吳」一詩，今人羅聯添考訂為薛用弱所誤記。

⑯南浦　語出江淹〈別賦〉：「送君南浦，傷之何如?」詩文中因以南浦為送別之所。

⑰雙魚　或稱雙鯉、鯉魚，語出古詩〈飲馬長城窟行〉：「客從遠方來，遺我雙鯉魚，呼兒烹鯉魚，中有尺素書。」後世因以雙魚為書信代稱。

⑱縵斗 (le manteau)　法文之音譯，意為外套、斗篷。

⑲Gogol　全名為 Nikolai Vasilevich Gogol (1809–1852)，通譯為果戈理，生於烏克蘭，一八二八年移居聖彼得堡，一八三四年任聖彼得堡大學歷史助理教授。一八三六至一八四八年間大部分時間居住在羅馬，這期間他創作了經典的《死靈魂》。一八四八年他至耶路撒冷朝聖，回國後繼續創作《死靈魂》第二部，但這時他受神父 Matvei Konstantinovsky 影響，決定放棄文學，一八五二年二月，他燒燬《死靈魂》部分手稿，十天後即辭世。

⑳自然派　十九世紀末法國的小說和戲劇文學流派，二十世紀初傳至德國及美國。在法國，自然主義的肇始者是左拉 (Émile Zola, 1840–1902) 和龔固爾兄弟 (Edmond Goncourt, 1822–1896; Jules-Alfred Huot de Goncourt, 1830–1870)，後有都德 (Alphonse Daudet, 1840–1897) 和莫泊桑 (Guy de Maupassant, 1850–1893)。自然主義作家認為人生皆受制於自然的律則，他們和早期的寫實主義作家一樣，認為中下階層的群眾生活最值得描寫，且需訴諸

於細節的文獻式記錄。他們強調物質和經濟環境影響了個人先天的氣質與個性，個人也因此不能超越環境和遺傳的因素，小說因此每有一種宿命的哲學觀。

㉑黃仲則　本名黃景仁（一七四九—一七八三），字仲則，一字漢鏞，號鹿菲子。江蘇武進人，家貧，早年奔走四方以謀生計。乾隆四十一年（一七七六）召試列二等，例得主簿，但陝西巡撫畢沅助其補為縣丞。後在官為債主所逼，抱病穿越太行山，卒於途中。詩學李白、韓愈、李商隱，多窮苦之詞。懷才不遇、寂寞淒苦之情是其詩歌的主調。黃仲則愁鬱之氣質和郁達夫有神似之處，郁氏曾以黃為主角，寫成短篇小說〈采石磯〉。

㉒密來　全名為 Jean-Francois Millet (1814–1875)，通譯為米勒，法國畫家。年輕時困居巴黎學畫，受荷蘭畫風和法國古典派畫家如 Gaspard Poussin (1615–1675) 之影響。最有名的畫作是〈奉告祈禱〉(*The Angelus*, 1859)，畫中一對農民夫婦在田畝間聞鐘低頭禱告，表達了米勒對農民質樸和忠於自然的認同。在對自然風光的描繪上，米勒揉合了古典主義和寫實主義，也影響了後來的梵谷 (Vincent van Gogh, 1853–1890)。

賞析

本篇最初載於一九二一年十月十五日上海泰東書局出版的小說集《沉淪》。

〈沉淪〉是郁達夫早期的作品，收入他同名的第一本小說作品集。郁氏早期小說幾個最主要的特徵，包括了感傷的情調、病態的人物和自敘傳的形式。〈沉淪〉無疑是自敘傳小說的代表作。

先說自敘傳的小說形式。中國傳統小說以志人及志怪為兩大題材類型，志怪寫人以外的世界，雖說多有影射現實者，畢竟以神鬼之事為主。志人或演義歷史人物，或以情節離奇為訴求，能如《紅樓夢》有自身遭遇的影子者還是少數。民國以來，因為西方文學和新文化運動的影響，知識分子和文人從傳統的封建家國體制中被解放出來，開始追求以表現個性和自我為主的文學內容，他們攻擊家庭制度，高唱自由戀愛，大膽描寫人的情慾，文學從載道向抒情言志的一端傾斜，李歐梵把五四一代的文學稱為浪漫的寫實主義(romantic realism)，陳平原從小說入手，也注意到由於人文主義的覺醒，晚清到民初三十年間小說的敘事模式也有了極大的轉變，首先是抒情詩化的手法，著重人物的心理剖析，或者作品氛圍意境的渲染，情節因而轉趨單薄，懸念和衝突不再是小說主要的情節設計。冰心在〈文藝叢談〉曾要作家「努力發揮個性，表現自己」，可說是時代的心聲，是對傳統美學的挑戰，郁達夫在〈五六年來創作生活的回顧〉也一再強調個性的重要：「我覺得文學作品，都是作家的自敘傳。」「我覺得作者的生活，應該和作者的藝術緊抱在一塊，作品裡的individuality是決不能喪失的。」郁達夫大部分的小說有濃厚的自傳色彩，正是他這種文學觀的反映，而其不重視情節和文字的散文化、情境的詩化，則是因為他「批評作品好壞的標準，是『情調』兩個字。」（見其〈我承認是「失敗」了〉一文）。

〈沉淪〉就是在這樣的文學自覺中寫成的，完成之初，郁達夫曾給幾位當時在東京的朋友看過，他們讀了都笑說：「這一種東西，將來是不是可印行？中國那裡有這一種體裁？」可見這篇小說確是創舉，出版之後，果然也引起許多爭議。

讀者大概都不會忽視〈沉淪〉中強烈的自傳色彩，這種自敘傳的小說，除了前面所說文學的自覺和作家表現個性的要求外，也受到當時日本「私小說」的影響。所謂「私小說」就是以第一人稱寫的自傳體小說。郁達夫在日本留學之際，正當日本白樺派文學興起，標舉唯美的浪漫主義和強烈的自我意識，相信個性的全面發展就是善，就是美。毫無疑問，我們在〈沉淪〉的敘事中，完全可在現實事件中找到對應。而郁達夫小說一向勇於面對自己性格中的自卑、委瑣，充滿盧騷式的懺悔，所以夏志清在《中國現代小說史》中寫到：「雖然採用的是一種第三人稱敘述方法，但〈沉淪〉卻可以毫無愧色地稱之為作者的自傳，作者和主人公的家庭和教育背景幾乎是一致的。」

儘管如此，但我們不應忘記，小說畢竟不是傳記，小說在英文中稱為fiction，另一層意思即是虛構，充分說明了小說中想像的成分。郁達夫並不缺乏這種認識，所以他一方面認為文學作品多少是作家的自敘傳，另方面又在〈小說論〉中說：「小說家在小說上寫下來的人物，大抵不是完全直接被他觀察過，或間接聽人家說，或在書報上讀過的人物，而系一種被他的想像所改造過的性格。」郁氏小說如〈銀灰色的死〉向來也被認為自傳色彩濃厚，但故事中主人公最後路倒而死，真實中的作者並非如此，這裡的自傳說，應是情感、心境上的真實。又〈沉淪〉中寫主人公窺浴，也未必可信，因為當時日本普遍男女同浴，並不存在窺浴的道德問題，窺浴的罪惡感，只能從主人公當時的性心理去想像其精神狀態的真實性。

日本學者小田岳夫在《郁達夫傳》、伊藤虎丸在〈佐藤春夫與郁達夫〉文中，都曾拿〈沉淪〉和佐藤的〈田園的憂鬱〉作比較，認為郁作受到佐藤的影響，在作品的結構和手法上都有相似處，內容上也同樣表現了現代人的頹廢和苦悶。但我們也不應忽視其不同之處，佐藤的憂鬱根源在人生的無聊，郁達夫卻把個人問題和祖國的孱弱結合起來，在個人感傷的情調中映襯了民族的不幸，郁氏在〈懺餘獨白〉中道出了這種身家國族的一體感：「眼看到故國的陸沉，身受到異鄉的屈辱，與夫所感所思，所經歷的一切，剔括起來沒有一點是不失望，沒有一處不是憂傷，同初喪了夫主的少婦一般，毫無氣力，毫無勇毅，哀哀切切，悲鳴出來的，就是那一卷當時很惹起許多非難的《沉淪》。」

非難固然有之，但也有許多稱賞，郭沫若〈論郁達夫〉一文就說：「他的清新的筆調，在枯槁的社會裡面好像吹來了一股春風，立刻吹醒了當時的無數青年的心。他那大膽的自我暴露，對於深藏於千年萬年的背甲裡面的士大夫的虛偽，完全是一種暴風雨式的閃擊。」對於〈沉淪〉中性的描寫，周作人在《晨報副鐫》的文藝評論欄上以「仲密」為名，為之辯護道：「雖然有猥褻的分子而並無不道德的性質」，其性的描寫「在於非意識的展覽自己，藝術地寫出昇華的色情，這也是真摯與普遍的所在，至於所謂猥褻部分，未必損傷文學價值」。

〈沉淪〉雖然表現了主人公在異國性的苦悶和對愛情的渴望，但更重要的是郁達夫藉著愛情的失落，表達了對中國人地位低下，對祖國前途的一種憂患意識，文中再三致意：「中國呀中國，你怎麼不富強起來！」可說是那一代知識分子的共同心聲。如果愛情的苦悶是故事的主線，那麼憂國之情、異鄉的孤苦就是副線。主、副線情節彼此作用，使現實的苦悶加強了愛情的失落感，愛情的失落又反作用地深化了現實中離鄉背井、淪為次等國民的問題。

除了〈沉淪〉之外，郁達夫許多小說也都表現了性的苦悶，他喜以性為題材，和他個人主觀的看法有關，在〈文藝賞鑒上的偏愛價值〉中他說：「性欲和死，是人生的兩大根本問題，所以以這兩者為材料的作品，其偏愛價值比一般其他的作品更大。」這無疑是佛洛依德 (Sigmund Freud, 1856–1939) 所指出人的兩大本能：性愛 (Eros) 和死亡 (Thanatos) 的反響。但他對性心理和性欲的描寫表現出來的狂熱和近於變態的渲染，只能說是矯枉過正，在一個性備受壓抑的時代是可以理解的。蘇雪林在〈郁達夫論〉質疑他小說中眾多的病態青年形象，豈是一般人對當代青年的認知？對蘇雪林的批評，我們也許可以說：郁達夫所要表現的，不是社會一般青年的形象，而是他自己內心主觀的深沉情感與情緒，是在痛苦中不得不發出的吶喊。

蔦蘿行

同居的人全出外去後的這沉寂的午後的空氣中獨坐的我，表面上雖則同春天的海面似的平靜，然而我胸中的寂寥，我腦裡的愁思，什麼人能夠推想得出來？現在是三點三十分了。外面的馬路上大約有和暖的陽光夾著了春風，在那裡助長青年男女的遊春的興致；但我這房裡的透明的空氣，何以會這樣的沉重呢？龍華附近的桃林草地上，大約有許多穿著時式花樣的輕綢繡緞的戀愛者在那裡對著蒼空發愉樂的清歌；但我的這從玻璃窗裡透過來的半角青天，何以總帶著一副嘲弄我的形容呢？啊啊，在這樣薄寒輕暖的時候，當這樣有作有為的年紀，我的生命力，我的活動力，何以會同冰雪下的草芽一樣，一些兒也生長不出來呢？啊啊，我的女人！我的不能愛而又不得不愛的女人！我終覺得對你不起！

計算起來你的列車大約已經好過松江驛了，但你一個人抱了小孩在車窗裡呆看陌上行人的景狀，我好像在你旁邊看守著的樣子。可憐你一個弱女子，從來沒有單獨出過門，你此刻呆坐在車裡，大約在那裡回憶我們兩人同居的時候，我虐待你的一件件的事情了吧！啊啊，我的女人，我的不得不愛的女人，你不要在車中滴下眼淚來，我平時雖則常常虐待你，但我的心中卻在哀憐你的，卻在痛愛你的；不過我在社會上受來的種種苦楚，壓迫，侮辱，若不向你發泄，教我更向誰去發泄呢！啊啊，我的最愛的女人，你若知道我這一層隱衷，你就該饒恕我了。

唉，今天是舊曆的二月二十一日，今天正是清明節呀！大約各處的男女都出到郊外去踏青的，你在車窗裡見了火車路線兩旁郊野裡在那裡遊行的夫婦，你能不怨我的麼？你怨我也罷了，你倘能恨我怨我，怨得我望我速死，那就好了。但是辦不到的，怎麼也辦不到的，你一邊怨我，一邊又必在原諒我的，啊啊，我一想到你這一種優美的靈心，教我如何能忍得過去呢！

細數從前，我同你結婚之後，共享的安樂日子，能有幾日？我十七歲去國之後，一直的在無情的異國蟄住了八年❶。這八年中間就是暑假寒假也不回國來的原因，你知道麼？我八年間不回國來的事實，就是我對舊式的，父母主張的婚約的反抗呀！這原不是你的錯，也不是我的錯，作孽者是你的父母和我的母親。但我在這八年之中，不該默默的無所表示的。

後來看到了我們鄉間的風習的牢不可破，離婚的事情的萬不可能，又因你家父母的日日的催促，我的母親的含淚的規勸，大前年的夏天，我才勉強應承了與你結婚❷。但當時我提出的種種苛刻的條件，想起來我在此刻還覺得心痛。我們也沒有結婚的種種儀式，也沒有證婚的媒人，也沒有請親朋來喝酒，也沒有點一對蠟燭，放幾聲花炮。你在將夜的時候，坐了一乘小轎從去城六十里的你的家鄉到了縣城裡的我的家裡；我的母親陪你吃了一碗晚飯，你就一個人摸上樓上我的房裡去睡了。那時候聽說你正患瘧疾，我到夜半拿了一枝蠟燭上床來睡的時候，只見你穿了一件白紡綢的單衫，在暗黑中朝裡床睡在那裡。你聽見了我上床來的聲音，卻朝轉來默默的對我看了一眼。啊！那時候的你的憔悴的形容，你的水汪汪的兩眼，神經常在那裡顫動的你的小小的嘴唇，我就是到死也忘不了的。我現在想起來還要滴眼淚哩！

在窮鄉僻壤生長的你，自幼也不曾進過學校，也不曾呼吸過通都大邑的空氣，提了一雙纖細纏小了的足，抱了一箱家塾裡念過的《列女傳》，女四書等舊籍，到了我的家裡。既不知女人的嬌媚是如何裝作，又不知時樣的衣裳是如何剪裁，你只奉了柔順兩字，作了你的行動的規範。

結婚之後，因為城中天氣暑熱的緣故，你就同我同上你家去住了幾天，總算過了幾天安樂的日子；但無端又遇了你姪兒的暴行，淘了許多說不出來的閑氣，滴了許多拭不乾淨的眼淚，我與你在你姪兒鬧事的第二天就匆匆的回到了城裡的家中。過了兩三天我又害起病來，你也瘧疾復發了。我就決定挨著病離開了我那空氣沉濁的故鄉。將行的前夜，你也不說什麼，我也沒有什麼話好對你說。我從朋友家裡喝醉了酒回來，睡在床上，只見你呆呆的坐在灰黃的燈下。可憐你一直到第二天的早晨我將要上船的時候止，終沒有橫到我床邊上來睡一忽兒，也沒有講一句話；第二天天剛亮的時候，母親就來催我起身，說輪船已到鹿山腳下了。

從此一別，又同你遠隔了兩年。你常常寫信來說家裡的老祖母在那裡想念我，暑假寒假若有空閑，叫我回家來探望探望祖母母親，但我因為異鄉的花草，和年輕的朋友挽留我的緣故，終究沒有回來。

唉唉！那兩年中間的我的生活！紅燈綠酒的沉湎，荒妄的邪遊，不義的淫樂。在中宵酒醒的時候，在秋風涼冷的月下，我也曾想念及你，我也曾痛哭過幾次。但靈魂喪失了的那一群嫵媚的遊女，和她們的嬌艷動人的假笑佯啼，終究把我的天良迷住了。

前年秋天我雖回國了一次，但因為朋友邀我上A地去了，我又沒有回到故鄉來看你。在A地住了三個月，回到上海來過了舊曆的除夕，我又回東京去了。直到了去年的暑假前，我提出了卒業論文，將我的放浪生活作了個結束，方才拖了許多飢不能食寒不能衣的破書舊籍回到了中國。一踏了上海的岸，生計問題就逼緊到我的眼前來，縛在我周圍的運命的鐵鎖圈，就一天一天的扎緊起來了。

留學的時候，多謝我們孱弱無能的政府，和沒有進步的同胞，像我這樣的一個生則於世無補，死亦於人無損的零餘者，也考得了一個官費生的資格。雖則每月所得不能敷用，是租了屋沒有食，買了食沒有衣的狀態，但究竟每月還有幾十塊錢的出息，調度得好也能勉強免於死亡。並且又可進了病院向家裡勒索幾個醫藥費，拿了書店的發票向哥哥乞取幾塊買書錢。所以在繁華的新興國的首都裡，我卻過了幾年放縱的生活。如今一定的年限已經到了，學校裡因為要收受後進的學生，再也不能容我在那綠樹陰森的圖書館裡，作白晝的痴夢了。並且我們國家的金庫，也受了幾個磁石心腸的將軍和大官的吮吸，把供養我們一班不會作亂的割勢者的能力喪失了。所以我在去年的六月就失了我的維持生命的根據，那時候我的每月的進款已經沒有了。以年紀講起來，像我這樣二十六七的青年，正好到社會去奮鬥。況且又在外國國立大學裡卒業了的我，誰更有這樣厚的面皮，再去向家中年老的母親，或狷潔自愛的哥哥，乞求養生的資料。我去年暑假裡一到上海流寓了一個多月沒有回家來的原因，你知道了麼？我現在索性對你講明了罷，一則雖因為一天一天的捱過了幾天，把回家的旅費用完了，其他我更有這一段不能回家的苦衷在的呀，你可能了解？

啊啊，去年六月在燈火繁華的上海市外，在車馬喧嚷的黃浦江邊，我一邊念著Housman❸的 *A Shropshire Lad* 裡的

Come you home a hero
Or come not home at all,
The lads you leave will mind you
Till Ludlow tower shall fall,

幾句清詩，一邊呆呆的看著江中黝黑混濁的流水，曾經發了幾多的嘆聲，滴了幾多的眼淚。你若知道我那時候的絕望的情懷，我想你去年的那幾封微有怨意的信也不至於發給我了。——啊，我想起了，你是不懂英文的，這幾句詩我順便替你譯出罷。

「汝當衣錦歸，

否則永莫回，
令汝別後之兒童
望到拉德羅塔毀。」

平常責任心很重，並且在不必要的地方，反而非常隱忍持重的我，當留學的時候，也不曾著過一書，立過一說。天性膽怯，從小就害著自卑狂的我，在新聞雜誌或稠人廣眾之中，從不敢自家吹一點小小的氣焰。不在圖書館內，便在咖啡店裡山水懷中過活的我，當那些現代的青年當作科場看的群眾運動起來的時候，絕不曾去慷慨悲歌的演說一次，出點無意義的風頭。賦性愚魯，不善交遊，不善鑽營的我，平心講起來，在生活競爭劇烈，到處有陷阱設伏的現在的中國社會裡，當然是沒有生存的資格的。去年六月間，尋了幾處職業失敗之後，我心裡想我自家若想逃出這惡濁的空氣，想解決這生計困難的問題，最好唯有一死。但我若要自殺，我必須先弄幾個錢來，痛飲飽吃一場，大醉之後，用了我的無用的武器，至少也要擊殺一二個世間的人類——若他是比我富裕的時候，我就算替社會除了一個惡。若他是和我一樣或比我更苦的時候，我就算解決了他的困難，救了他的靈魂——然後從容就死。

我因為有這一種想頭，所以去年夏天在睡不著的晚上，拖了沉重的腳，上黃埔江邊去了好幾次，仍復沒有自殺。到了現在我可以老實的對你說了，我在那時候，我並不曾想到我死後的你將如何的生活過去。我的八十五歲的祖母，和六十來歲的母親，在我死後又當如何的種種問題，當然更不在我的腦裡了。你讀到這裡，或者要罵我沒有責任心，丟下了你，自家一個去走乾淨的路。但我想這責任不應該推給我負的，第一我們的國家社會，不能用我去作他們的工，使我有了氣力不能賣錢來養活我自家和你，所以現代的社會，就應該負這責任。即使退一步講，第二你的父母不能教育你，使你獨立營生。便是你父母的壞處，所以你的父母也應該負這責任。第三我的母親戚族，知道我沒有養活你的能力，要苦苦的勸我結婚，他們也應該負這責任。這不過是現在我寫到這裡想出來的話，當時原是沒有想到的。

上海的T書局❹和我有些關係，是你所知道的。你今天午後不是從這T書局編輯所出發的麼？去年六月經理的T君看我可憐不過，卻為我關說了幾處，但那幾處不是說我沒有聲望，就嫌我脾氣太大，不善趨奉他們的旨意，不願意用我。我當初把我身邊的衣服金銀器具一件一件的典當之後，在烈日蒸照，灰土很多的上海市街中，整日的空跑了半個多月，幾個有職業的先輩，和在東京曾經受過我的照拂的朋友的地方，我都去訪問了。他們有的時候，也約我上菜館去吃一次飯；有的時候，知道我的意思便也陪我作了一副憂鬱的形容，且為我籌了許多沒有實效的計劃。我於這樣的晚上，不是往黃浦江邊去徘徊，便是一個人跑上法國公園的草地上去呆坐。在那時候，我一個人看看天上悠久的星河，聽聽遠遠從那公園的跳舞室裡飛過來的舞曲的琴音，老有放聲痛哭的時候，幸虧在黃昏的時節，公園的四周沒有人來往，所以我得盡情的哭泣；有時候哭得倦了，我也曾在那公園的草地上露宿過的。

陽曆六月十八的晚上──是我忘不了的一晚──T君拿了一封A地❺的朋友寄來的信到我住的地方來。平常只有我去找他，沒有他來找我的，T君一進我的門，我就知道一定有什麼機會了。他在我用的一張破桌子前坐下之後，果然把信裡的事情對我講了。他說：

「A地仍復想請你去教書，你願不願意去？」

教書是有識無產階級的最苦的職業，你和我已經住過半年，我的如何不願意教書，教書的如何苦法，想是你所知道的，我在此處不必說了。況且A地的這學校裡又有許多黑暗的地方，有幾個想做校長的野心家，又是忌刻心很重的，像這樣的地方的教席，我也不得不承認下去的當時的苦況，大約是你所意想不到的，因為我那時候同在倫敦的屋頂下挨餓的Chatterton❻一樣，一邊雖在那裡吃苦，一邊我寫回來的家信上還寫得娓娓有致，說什麼地方也在請我，什麼地方也在聘我哩！

啊啊！同是血肉造成的我，我原是有虛榮心，有自尊心的呀！請你不要罵我作燔間乞食的齊人❼吧！唉，時運不濟，你就是罵我，我也甘心受罵的。

我們結婚後，你給我的一個鑽石戒指，我在東京的時候，替你押賣了，這是你當時已經知道的。我當T君將A地某校的聘書交給我的時候，身邊值錢的衣服器具已經典當盡了。在東京學校的圖書館裡，我記得讀過一個德國薄命詩人Grabbe❽的傳記。一貧如洗的他想上京去求職業去，同我一樣貧窮的他的老母將一副祖傳的銀的食器交給了他，作他的求職的資斧。他到了孤冷的首都裡，今日吃一個銀匙，明日吃一把銀刀，不上幾日，就把他那副祖傳的食器吃完了。我記得Heine❾還嘲笑過他的。去年六月的我的窮狀，可是比Grabbe更甚了；最後的一點值錢的物事，就是我在東京買來，預備送你的一個天賞堂製的銀的裝照相的架子，我在窮急的時候，早曾打算把它去換幾個錢用，但一次一次的難關都被我打破，我決心把這一點微物，總要安安全全的送到你的手裡；殊不知到了最後，我接到了A地某校的聘書之後，仍不得不把它去押在當鋪裡，換成了幾個旅費，走回家來探望年老的祖母母親，探望怯弱可憐同綿羊一樣的你。

去年六月，我於一天晴朗的午後，從杭州坐了小汽船，在風景如畫的錢塘江中跑回家來。過了靈橋里山等綠樹連天的山峽，將近故鄉縣城的時候，我心裡同時感著了一種可喜可怕的感覺。立在船舷上，呆呆的凝望著春江第一樓前後的山景，我口裡雖在微吟「近鄉情更怯，不敢問來人」的二句唐詩❿，我的心裡卻在這樣的默禱：

……天帝有靈，當使埠頭一個我的認識的人也不在！要不使他們知道才好，要不使他們知道我今天淪落了回來才好……

船一靠岸，我左右手裡提了兩只皮箧，在晴日的底下從亂雜的人叢中伏倒了頭，同逃也似的走回家來。我一進門看見母親還在偏間的膳室裡喝酒。我想張起喉音來親親熱熱的叫一聲母親的，但一見了親人，我就把回國以來受的社會的侮辱想了出來，所以我的咽喉便梗住了；我只能把兩只皮箧向凳上一拋，馬上就匆匆的跑上樓上的你的房裡來，好把我的沒有丈夫氣，到了傷心的時候就要流淚的壞習慣藏藏躲躲；誰知一進你的房，你卻流了一臉的汗和眼淚，坐在床前嗚咽地暗在啜泣。我動也不動的呆看了一忽，方提起了乾燥的喉音，幽幽的問你為什麼要哭。你聽了我這句問話反哭得更加厲害，暗泣中間卻帶起幾聲壓不下去的唏噓聲來了。我又問你究竟為什麼，你只是搖頭不說。本來是傷心的我，又被你這樣的引誘了一番，我就不得不抱了你的頭同你對哭起來。喝不上一碗熱茶的工夫，樓下的母親就大罵著說：

「……什麼的公主娘娘，我說著這幾句話，就要上樓去擺架子。……輪船埠頭誰對你這小畜生講了，在上海逛了一個多月，走將家來，一聲也不叫，狠命的把皮篋在我面前一丟……這算是什麼行為！……你便是封了王回來，也沒有這樣的行為的呀！……兩夫妻暗地裡通通信，商量商量，……你們好來謀殺我的……」

我聽見了母親的罵聲，反而止住不哭了。聽到「封了王回來」的這一句話，我覺得全身的血流都倒注了上來。在炎熱的那盛暑的時候，我卻同在寒冬的夜半似的手腳都發了抖。啊啊，那時候若沒有你把我止住，我怕已經冒了大不孝的罪名，要永久的和我那年老的母親訣別了。若那時候我和我母親吵鬧一場，那今年的祖母的死⓫，我也是送不著的，我為了這事，也不得不重重的感謝你的呀。

那一天我的忽而從上海的回來，原是你也不知道，母親也不知道的。後來母親的氣平了下去，你我的悲感也過去了的時候，我才知道我沒有到家之先，母親因為我久住上海不回家來的原因，在那裡發脾氣罵你。啊啊，你為了我的緣故，害罵害說的事情大約總也不止這一次了。也難怪你當我告訴你說我將於幾日內動身到A地去的時候，哀哀的哭得不住的。你那柔順的性質，是你一生吃苦的根源。同我的對於社會的虐待，絲毫沒有反抗能力的性質，卻是一樣。啊啊！反抗反抗，我對於社會何嘗不曉得反抗，你對於加到你身上來的虐待也何嘗不曉得反抗，但是怯弱的我們，沒有能力的我們，教我們從何處反抗起呢？

到了痛定之後，我看看你的形容，比前年患瘧疾的時候更消瘦了。到了晚上，我捏到你的下腿，竟沒有那一段肥突的腳肚，從腳後跟起，到腳彎膝止，完全是一條直線。啊啊！我知道了，我知道白天我對你說我要上A地去的時候你就流眼淚的原因了。

我已經決定帶你同往A地⑫，將催A地的學校裡速匯二百元旅費來的快信寄出之後，你我還不敢將這計劃告訴母親，怕母親不贊成我們。到了旅費匯到的那天晚上，你還是疑惑不決的說：

「萬一外邊去不能支持，仍要回家來的時候，如何是好呢！」

可憐你那被威權壓服了的神經，竟好像是希臘的巫女，能預知今天的劫運似的。唉，我早知道有今天的一段悲劇，我當時就不該帶你出來了。

我去年暑假鬱鬱的在家裡和你住了幾天，竟不料就會種下一個煩惱的種子的。等我們同到了A地將房屋什器安頓好的時候，你的身體已經不是平常的身體了。吃幾口飯就要嘔吐。每天只是懶懶的在床上躺著。頭一個月我因為不知底細，曾經罵過你幾次，到了三四個月上，你的身體一天一天的重起來，我的神經受了種種激刺，也一天一天的粗暴起來了。

第一因為學校裡的課程乾燥無味，我天天去上課就同上刑具被拷問一樣，胸中只感著一種壓迫。

第二因為我在雜誌上發表了一篇舊作的文字，淘了許多無聊的閑氣⑬。更有些忌刻我的惡劣分子，就想以此來作我的葬歌，紛紛的攻擊我起來。

第三我平時原是揮霍慣了的，一想到辭了教授的職後，就又不得不同六月間一樣，嘗那失業的苦味。況且現在又有了家室，又有了未來的兒女，萬一再同那時候一樣的失起業來，豈不要比曩時更苦。

我前面也已經提起過了：在社會上雖是一個懦弱的受難者的我，在家庭內卻是一個凶惡的暴君。在社會上受的虐待，欺淩，侮辱，我都要一一回家來向你發泄的。可憐你自從去年十月以來，竟變了一隻無罪的羔羊，日日在那裡替社會贖罪，作了供我這無能的暴君的犧牲。我在外面受了氣回來，不是說你做的菜不好吃，就罵你是害我吃苦的原因。我一想到了將來失業的時候的苦況，神經激動起來的時候每罵著說：

「你去死！你死了我方有出頭的日子。我辛辛苦苦，是為什麼人在這裡作牛馬的呀。要只有我一個人，我何處不可去，我何苦要在這死地方作苦工呢！只知道在家裡坐食的你這行屍，你究竟是為了什麼目的生存在這世上的呀？……」

你被我罵不過，就暗哭起來。我罵你一場之後，把胸中的悲憤發洩完了，大抵總立時痛責我自家，上前來愛撫你一番，並且每用了柔和的聲氣，細細的把我的發氣的原因——社會對我的虐待——講給你聽。你聽了反替我抱著不平，每又哀哀的為我痛哭，到後來，終究到了兩人相持對泣而後已。像這樣的情景，起初不過間幾日一次的，到後來將放年假的時候，變了一日一次或一日數次了。

唉唉，這悲劇的出生，不知究竟是結婚的罪惡呢？還是社會的罪惡？若是為結婚錯了的原因而起的，那這問題倒還容易解決；若因社會的組織不良，致使我不能得適當的職業，你不能過安樂的日子，因而生出這種家庭的悲劇的，那我們的社會就不得不根本的改革了。

在這樣的憂患中間，我與你的悲哀的繼承者，竟生了下來，沒有足月的這小生命，看來也是一個神經質的薄命的相兒。你看他那哭時的額上的一條青筋，不是神經質的證據麼？飢餓的時候，你餵乳若遲一點，他老要哭個不止，像這樣的性格，便是將來吃苦的基礎。唉唉，我既生到了世上，受這樣的社會的煎熬，正在求生不可，求死不得的時候，又何苦多此一舉，生這一塊肉在人世呢？啊啊！矛盾，慚愧，我是解說不了的了。以後若有人動問，就請你答覆罷！

悲劇的收場，是在一個月的前頭。那時候你的神經已經昏亂了，大約已記不清楚，但我卻牢牢記著的。那天晚上，正下弦的月亮剛從東邊升起來的時候。

我自從辭去了教授職後，託哥哥在某銀行裡謀了一個位置。但不幸的時候，事運不巧，偏偏某銀行為了政治上的問題，開不出來。我閑居A地，日日在家中喝酒，喝醉之後，便聲聲的罵你與剛出生的那小孩，說你與小孩是我的腳鐐，我大約要為你們的緣故沉水而死的。我硬要你們回故鄉去，你們卻是不肯。那一晚我罵了一陣，已經是朦朧的想睡了。在半醒半睡中間，我從帳子裡看出來，好像見你在與小孩講話。

「……你要乖些……要乖些……小寶睡了罷……不要討爸爸的厭……不要討

……娘去之後……要……要……乖些……」

講了一陣，我好像看見你坐在洋燈影裡揩眼淚，這是你的常態，我看得不耐煩了，所以就翻了一轉身，面朝著了裡床。我在背後覺得你在燈下哭了一忽，又站起來把我的帳子掀開了對我看了一回。我那時候只覺得好睡，所以沒有同你講話。以後我就睡著了。

我們街前的車夫，在我們門外亂打的時候，我才從被裡跳了起來。我跌來碰去的走出門來的時候，已經是昏亂得不堪了。我只見你的披散的頭髮，結成了一塊，圍在你的項上。正是下弦的月亮從東邊升起來的時候，黃灰色的月光射在你的面上；你那本來是灰白的面色，反射出了一道冷光，你的眼睛好好的閉在那裡，嘴唇還在微微的動著；你的濕透了的棉襖上，因為有幾個扛你回來的車夫的黑影投射著，所以是一塊黑一塊青的。我把洋燈在地上一放，就抱著了你叫了幾聲，你的眼睛開了一開，馬上就閉上了，眼角上卻湧了兩條眼淚出來。啊啊，我知道你那時候心裡並不怨我的，我知道你並不怨我的，我看了你的眼淚，就能辨出你的心事來，但是我哪能不哭，我哪能不哭呢！我還怕什麼？我還要維持什麼體面？我就當了眾人的面前哭出來了。那時候他們已經把你搬進了房。你床上睡著的小孩，聽見了嘈雜的人聲，也放大了喉嚨啼泣了起來。大約是小孩的哭聲傳到了你的耳膜上了，你才張開眼來，含了許多眼淚對我看了一眼。我一邊替你換濕衣裳，一邊教你安睡，不要去管那小孩。卻好間壁雇在那裡的乳母，也聽見了這雜噪聲起了床，跑了過來；我知道你著念小孩，所以就教乳母替我把小孩抱了過去。奶媽抱了小孩走過床上你的身邊的時候，你又對她看了一眼，同時我卻聽見長江裡的輪船放了一聲開船的汽笛聲。

在病院裡看護你的十五天工夫，是我的心地最純潔的日子。利己心很重的我，從來沒有感覺到這樣純潔的愛情過。可憐你身體熱到四十一度的時候，還要忽而從睡夢中坐起來問我：

「龍兒，怎麼樣了？」

「你要上銀行去了麼？」

我從A地動身的時候，本來打算同你同回家去住的，像這樣的社會上，諒來總也沒有我的位置了。即使尋著了職業，像我這樣愚笨的人，也是沒有希望的。我們家裡，雖則不是豪富，然而也可算得中產，養養你，養養我，養養我們的龍兒的幾顆米是有的。你今年二十七，我今年二十八了。即使你我各有五十歲好活，以後還有幾年？我也不想富貴功名了。若為一點毫無價值的浮名，幾個不義的金錢，要把良心拿出來去換，要犧牲了他人作我的踏腳板，那也何苦哩。這本來是我從A地同你和龍兒動身時候的決心。不是動身的前幾晚，我同你拿出了許多建築的圖案來看了麼？我們兩人不是把我們回家之後，預備到北城近郊的地裡，由我們自家的手去造的小茅屋的樣子畫得好好的麼？我們將走的前幾天不是到A地的可紀念的地方，與你我有關的地方都去逛了麼？我在長江輪船上的時候，這決心還是堅固得很的。

我這決心的動搖，在我到上海的第二天。那天白天我同你照了照相，吃了午膳，不是去訪問了一位初從日本回來的朋友麼？我把我的計劃告訴了他，他也不說可，不說否，但只指著他的幾位小孩說：

「你看看我，看我是怎麼也不願意逃避的。我的係累，豈不是比你更多麼？」

啊啊！好勝的心思，比人一倍強盛的我，到了這兵殘垓下的時候，同落水雞似的逃回鄉裡去——這一齣失意的還鄉記，就是比我更怯弱的青年，也不願意上臺去演的呀！我回來之後，晚上一晚不曾睡著。你知道我胸中的愁鬱，所以只是默默的不響，因為在這時候，你若說一句話，總難免不被我痛罵。這是我的老脾氣，雖從你進病院之後直到那天還沒有發過，但你那事件發生以前卻是常發的。

像這樣的狀態，繼續了三天。到了昨天晚上，你大約是看得我難受了，所以當我兀兀的坐在床上的時候，你就對我說：

「你不要急得這樣，你就一個人住在上海罷。你但須送我上火車，我與龍兒是可以回去的，你可以不必同我們去。我想明天馬上就搭午後的車回浙江去。」

本來今天晚上還有一處請我們夫婦吃飯的地方，但你因為怕我昨晚答應你將你和小孩先送回家的事情要變卦，所以你今天就急急的要走。我一邊只覺得對你不起，一邊心裡不知怎麼的又在恨你。所以我當你在那裡撿東西的時候，眼睛裡湧著兩泓清淚，只是默默的講不出話來。直到送你上車之後，在車座裡坐了一忽，等車快開了，我才講了一句：

「今天天氣倒還好。」

你知道我的意思，所以把頭朝向了那面的車窗，好像在那裡探看天氣的樣子，許久不回過頭來。唉唉，你那時若把你那水汪汪的眼睛朝我看一看，我也許會同你馬上就痛哭起來的，也許仍復把你留在上海，不使你一個人回去的。也許我就硬的陪你回浙江去的，至少我也許要陪你到杭州。但你終不回轉頭來，我也不再說第二句話，就站起來走下車了。我在月臺上立了一忽，故意不對你的玻璃窗看。等車開的時候，我趕上了幾步，卻對你看了一眼，我見你的眼下左頰上有一條痕跡在那裡發光。我眼見得車去遠了，月臺上的人都跑了出去，我一個人落得最後，慢慢的走出車站來。我不曉得是什麼原因，心裡只覺得是以後不能與你再見的樣子，我心酸極了。啊啊！我這不祥之語，是多講的。我在外國只希望你和龍兒的身體壯健，你和母親的感情融洽。我是無論如何，不至投水自沉的，請你安心。你到家之後千萬要寫信來給我的哩！我不接到你平安到家的信，什麼決心也不能下，我是在這裡等你的信的。

一九二三年四月六日清明節午後

注釋

❶蟄住了八年　郁達夫一九一三年九月隨兄赴日本，時年十八歲，因郁出生在年底，實歲為十七歲。至一九二一年九月返國，正好在日本八年。

❷結婚　本文寫於一九二三年，郁氏與孫荃於一九二〇年七月完婚，所以文中稱「大前年」。婚前郁達夫有信給長兄說：「結婚事本非文（達夫本名）意，然女家疊次來催，是以不得已提出條件若干條，令其承認，今得孫伊清（孫荃兄）來書，謂已允不鳴鑼擂鼓作空排仗矣。弟

之未婚妻，本非弟擇定者，離婚又不能，延宕過去，又不得不被人家來催，是以弟不得已允於今年暑假歸國，簡略完婚。」事後，又去信云：「弟婚事已畢，一切均從節省，拜堂壽事，均不執行，花轎鼓手，亦皆不用，家中只定酒五席，分二夜辦，用迎送小轎進出，共八頂……九日午後五時，女已坐小轎至富陽家內，飲酒二席後即送客就寢，亦無所謂送洞房點花燭也。」和他同時代的文化運動者一樣，郁達夫雖然思想維新，但仍掙不脫許多傳統包袱，如同魯迅和朱安、胡適和江冬秀，他們都奉母命完婚，可能因為三人母親皆守寡，孤兒寡婦艱苦的生活經歷，讓他們不敢、也不忍違抗母命。後來魯迅和許廣平、胡適與表妹及威廉斯、郁達夫和王映霞的戀愛或婚姻，總算不負五四追求自我、個性解放的理想。郁達夫在日本留學期間，曾仰慕追求過幾位日本少女，但都沒有結果，也可能是他接受傳統婚姻的原因之一，何況孫家在地方上屬政經地位遠高於郁家的大戶，孫荃頗能詩文，郁達夫在一九一七年八月九日日記中載：「薄暮陳某來，交予密信一封，孫潛媎（荃）氏手書也，文字清簡，已能壓倒前清老秀才矣。」郁氏雖在給長兄的信中表示低調處理婚姻，但他和孫荃訂婚後，在感情上卻已認定了對方，此後雙方書信往來，詩歌唱和，顯示他對婚姻還是有所期待。訂婚後郁氏回日本前寫了許多詩寄孫荃，可見一斑，如：「許儂赤手拜雲英，未嫁羅敷別有情。解識將離無限恨，陽關只唱第三聲。」表達了離別依依之情。一九一七年十月十九日寫給孫荃三首詩，其中之一云：「故里逢君月正彎，別來夜夜夢青山，相思倘化夫妻石，汝在江南我玉關。」結婚之後，〈寄內五首〉則說明了郁達夫在現實生活壓力下，對孫荃的愧疚及對別離的無奈，其中有云：「貧士生涯原似夢，異鄉埋苦亦甘心，不該累及侯門女，敲破清宮夜夜砧。」後來郁氏雖回國就業，但經濟並不寬裕，也是在現實壓力的考量下，孫荃或在富陽老家，或寄居北京，夫婦聚少離多，所生二子二女，撫養亦非易事。一九二七年郁達夫在上海認識王映霞，陷入熱戀，但對孫荃及子女始終有一種愧疚負罪之感，甚至離婚後孫荃仍居郁家，郁達夫偶爾仍回富陽與之同居，讓王映霞極不諒解，間接造成郁、王最後分手。郁達夫寫和孫荃婚姻生活相關的小說，至少還有〈離散之前〉、〈煙影〉等篇。

❸Housman　全名 Alfred Edward Housman (1859–1936)，英國詩人，肄業於牛津，因畢業考未通過未能取得學位，此後十年擔任倫敦專利局職員。一八九二年，被任為倫敦大學拉丁文教授，一八九六年自費出版 *A Shropshire Lad*，是一共有六十三首民謠形式的懷舊組詩，背景是想像中一個失去內涵的地方 Shropshire，詩中敘述者或為一農村少年，或為一名軍人。一九一一年，他被任為劍橋大學拉丁文教授，一次大戰期間，組詩 *A Shropshire Lad* 廣受歡迎，海內外知名。郁氏寫作此文，正是這首詩風行之後。

❹T書局　指泰東書局。

❺A地　指安慶。一九二一年十月，郁達夫已先在安慶法政學校教了半年英文，並和妓女海棠陷入一段感情糾葛中，後來這段經歷在小說〈落日〉、〈茫茫夜〉、〈秋柳〉都有提及，〈秋柳〉更是以他和海棠的交往為經緯。郁氏後來有〈將之日本別海棠三首〉，有詩句云：「替寫新詩到海棠，揚州舊夢未全忘，無端綺語成詩讖，又向桃源駐野航。」

❻Chatterton　全名 Thomas Chatterton (1752–1770)，通譯為湯瑪斯・查特頓，英國詩人，十二歲即有詩作發表，十四歲時失學，十九歲時因赤貧在倫敦吞砷自殺。死前數月，創作量驚人，他的生平和作品給後來浪漫派詩人許多創作素材和靈感，華滋華斯、濟慈都有詩寫他，英國畫家 Henry Wallis (1830–1916) 曾以英國詩人及小說家 George Meredith (1828–1909) 為模特兒，在一八五六年畫下著名的「查特頓之死」(*The Death of Chatterton*)，因為查特頓生前並未留下任何畫像，所以今存泰特藝廊 (Tate Gallery) 這幅作品，實非其本人實像。

❼齊人　語出《孟子・離婁》：「齊人有一妻一妾，而處室者。其良人出，則必饜酒肉而後反，其妻問其所與飲食者，則盡富貴也。其妻告其妾曰：『良人出則必饜酒肉而後反，問其與飲食者，盡富貴也，而未嘗有顯者來，吾將瞯良人之所之也。』蚤起，施從良人之所之，徧國中，無與立談者，卒之東郭墦間之祭者，乞其餘，不足，又顧而之他，此為其饜足之道也。其妻歸告其妾曰：『良人者，所仰望而終身也，今若此。』與其妾訕其良人，而相泣於中庭，而良人未之知也，施施從外來，驕其妻妾。」墦即墓塚，郁達夫文中作燔，誤。

❽Grabbe　全名為 Christian Dietrich Grabbe (1801–1836)，德國詩人，著有《唐璜與浮士德》(*Don Juanund Faust*)、《笑話、諷刺、反諷及其深意》(*Scherz, Satire, Ironie und tiefere Bedeutung*) 及《作品集》(*Grabbe's Werke*) 等。

❾Heine　見〈沉淪〉注⓮。

❿二句唐詩　語出宋之問（六五六?—七一三）〈渡漢江〉：「嶺外音書斷，經冬復歷春，近鄉

情更怯，不敢問來人。」此詩在《全唐詩》卷五八九亦重收作李頻詩，但李頻未曾被貶嶺外，且皎然（七二〇？—七九六以後）《詩式》卷四已收此詩為宋之問作，李頻（？—八七六）晚於皎然至少七、八十年，皎然必無從收入李作。宋之問因依附張易之兄弟，在張柬之起兵誅二張後，於中宗神龍元年被貶瀧州（今廣東羅定南，在五嶺之外）參軍，神龍二年（七〇六）年遇赦北歸，被授為鴻臚主簿（掌賓客禮儀官府的文書佐吏），取道瀧州入西江，灘江，經湘水、漢江（即漢水）北歸，此詩當即歸途渡過漢水時所作。

⓫祖母的死　郁達夫祖母戴氏死於一九二三年三月十七日，享年八十六歲。

⓬同往A地　一九二二年九月郁達夫再往安慶法政學校任教，孫荃同行。

⓭閑氣　一九二二年九月《創造》季刊一卷二期刊登郁達夫隨筆，文中指出余家菊翻譯德人威鏗《人生之意義與價值》之錯誤，引起創造社與胡適之間的一場筆戰。

賞析

本篇最初發表於一九二三年五月一日《創造》季刊第一期。蔦蘿，又名寄生，一年生草本植物，莖細長，卷附他物而攀上。《詩・小雅・頍弁》：「蔦與女蘿，施於松柏。」毛傳：「蔦，寄生也。女蘿，菟絲松蘿也。」蔦蘿常附生於松、柏，詩文每以為男女、夫婦依附纏綿。唐魏氏〈贈外〉詩云：「浮萍依綠水，弱蔦寄青松。」郁達夫因以〈蔦蘿行〉自寫婚姻生活。

〈蔦蘿行〉是郁達夫的自傳體小說，文中事件，在現實生活中歷歷可考。但即使讀者對這些事件毫無所悉，並不妨害我們對小說的欣賞，因為從讀者反應理論(readers response)和接受美學(aesthetics of reception)的角度而言，讀者事實上參與了作品意義的創造，每位讀者皆有自己的期待視野(horizon)，從自己的視野出發，去闡釋作品，作者不再是解釋的權威，背景和傳記的了解，也不必然是闡釋過程中的重要一環。然就郁達夫自傳體的小說而言，對真實事件的了解，幫助了我們看清郁氏如何以自身故事為題材的創作手法。

〈蔦蘿行〉一如郁達夫大部分的小說，不以情節取勝，表達的是浪漫主義抒情小說一種自我憤慨和感傷的心境，是作者陷於個人自由與道德責任之間苦苦掙扎的心靈記錄。小說以第一人稱「我」來訴說對妻子這一「不能愛而不得不愛的女人」的矛盾感情，藉婚姻、家庭生活的苦悶來展示主人公生的苦悶，抨擊社會的不公不義，敘述者自言自己的悲劇：「不知究竟是結婚的罪惡呢？還是社會的罪惡？若是為結婚錯了的原因而起的，那這問題倒還容易解決；若因社會的組織不良，致使我不能得適當的職業，你不能過安樂的日子，因而生出這種家庭的悲劇的，那我們的社會就不得不根本的改革了。」郁氏對當時社會的控訴，當然是因為在現實生活中遭遇的不順遂，他在〈懺餘獨白〉一文中談到他從日本回國後的情況和心境：「碰壁，碰壁，再碰壁……愁來無路，拿起筆來寫，只好寫些憤世疾邪，怨天罵地的牢騷，放幾句破壞一切，打倒一切的狂囈。越是這樣，越是找不到出路，越是找不到出路，越想破壞，越想反抗。」但個人的反抗未必能有實效，所以作品中說：「反抗反抗，我對於社會何嘗不曉得反抗，你對於加到你身上來的虐待也何嘗不曉得反抗，但是怯弱的我們，沒有能力的我們，教我們從何處反抗起呢？」因為想反抗而不得，所以郁達夫時時以社會的畸零人自居。

在〈蔦蘿行〉中，郁氏多次寫到自己畸零人的自卑情結：「像我這樣的一個生則於世無補，死亦於人無損的零餘者」，在「這樣的社會上，諒來總也沒有我的位置了。即使尋著了職業，像我這樣愚笨的人，也是沒有希望的。」他這種悲觀的情緒，時時在作品中出現，具象化於零餘者這一角色。在一篇名為〈零餘者〉的短文中，郁氏宣稱：「我的確是一個零餘者，所以對於社會人世是完全沒有用的。」接著他又從世界、國家、家庭三個層次詳細分析了自己的無用。在〈還鄉記〉中說：「我是一個有妻不能愛，有子不能撫的無能力者，在人生戰鬥場上的慘敗者。」寫於一九二九年的〈感傷的行旅〉中，郁氏自視為一個「老是自傷命薄，對人對世總覺得不滿的」時代落伍者，其實也是零餘者的另一種修辭。在小說〈秋柳〉中，「我」是一個「受了欺，也只能一個人把眼淚吞下肚子裡去」，「一天一天的變成了一個小膽，沒出息，沒力量的人」。在〈空虛〉中，敘述者我是「從小沒有野心的，如今到了人生的中道，對將來的希望，不消說是沒有了。我的過去的半生是一篇敗殘的歷史，回想起來，只有眼淚與悲歡」。〈春風沉醉的晚上〉主人公是一個貧病交加的文士，只能和煙廠女工相濡以沫。〈落日〉中的主角Y自嘆在茫茫人海中，沒有一個知己，彷如置身在浩蕩的沙漠裡。〈薄奠〉中的主角「渺焉一身，寄住在人海的皇城裡，衷心鬱鬱，老感著無聊」，只好往娼寮酒館，過著醉生夢死的生活。有時候，郁達夫把這種零餘者的形象，以徹底孤獨的形象呈現出來，他的自傳之六，就是以孤獨者為題。小說〈秋柳〉中，敘述者自嘆：「啊啊，我真是世上最孤獨的人了，真成了世上最孤獨的人了啊！」又在散文〈一個人在途上〉篇中，借盧騷的話說出自己的塊壘：「自家除了已身以外，已經沒有弟兄，沒有鄰人，沒有朋友，沒有社會了。自家在這世上，像這樣的，已經成了一個孤獨者了。」

郁達夫筆下零餘者的意義，絕對不僅止於描繪自我形象，更是透過對自我遭遇的認知，寫出那一代青年的徬徨無出路，其作用和魯迅在鐵屋中吶喊的狂人是一樣的。所以不論是〈南遷〉中的伊人、〈茫茫夜〉、〈空虛〉各篇中的于質夫、〈煙影〉、〈東梓關〉中的文樸、〈微雪的早晨〉中的朱雅儒，其實都是那一代青年的眾生相，儘管他們多少都有郁達夫的身影在。

毫無疑問，郁達夫零餘者的角色是受到十九世紀俄國作家筆下一群「多餘的人」(superfluous man) 的啟發，尤其是屠格涅夫 (Ivan Sergeevich Turgenev, 1818–1883) 的《多餘人日記》(*The Diary of a Superfluous Man*, 1850)。郁氏自言他接觸西方文學，是從閱讀屠氏的〈初戀〉("First Love", 1860) 和〈春潮〉("Torrents of Spring", 1870) 始，此後多次為文論述屠氏作品，一九二八年並翻譯他的論文〈哈姆雷特〉和〈堂吉訶德〉及傳記兩篇，在〈屠格涅夫的《羅亭》問世以前〉一文中，郁氏云：「在許許多多古今大小的外國作家裡面，我覺得最可愛，最熟悉，同他的作品交往最久而不會生厭的，便是屠格涅夫。這在我也許是和別人不同的一種特別的偏嗜，因為我開始讀小說，開始想寫小說，受的完全是這一位相貌柔和，眼睛有點憂鬱，絡腮鬍子長得滿滿的北國巨人的影響。」郁達夫也自覺到自己病態的悲觀，其來有自，在〈五六年來創作生活的回顧〉中他自言：「在高等學校的神經病時代，說不定因為讀俄國小說過多，經受了一點壞的影響。」其實，真正的原因，恐怕是俄國小說多餘者那種性格的多慮和缺乏行動能力正是郁氏氣質的一面鏡子，讓他看清也了解了自己。屠格涅夫小說中豐富的內心自省和心理描寫，我們也可在郁氏小說中隨處可見。當然，我們也不可忽視兩人的相異處，例如屠氏筆下的多餘人大多為貴族階層的先覺者，但卻無力解決社會問題，只能主觀地自我分析。郁氏的零餘者則多為自我形象的反射，或者個性卑微，或者流落異鄉備受歧視，或者是滿懷時代苦悶的社會邊緣人，更多時候是生活困窘者，屠格涅夫的零餘者反映了社會的貴族階層，郁氏則藉自我形象烘托社會某一群人。

當然，我們不應忽視，〈蔦蘿行〉正如篇名所暗示，主旨在於寫婚姻生活中種種無奈和悲哀。尤其是對妻子既憐且恨的矛盾感情，郁氏在《蔦蘿集》獻納之辭〉中言：「作我的同伴，作我的犧牲／安慰我，仕奉我的／你這可憐的自由奴隸喲！／請你受了我這卑微的獻納罷！」正說明了這種矛盾。另外在《蔦蘿集・自序》中，我們也讀到了郁氏自我墮落為零餘人的不得已苦衷，一方面是因為名利和美女結了同盟，將之排除在外，另方面也是他自己悲觀哲學的落實，他說：「人生終究是悲苦的結晶，我不信世上有快樂的兩個字，人家都罵我是頹廢派，是享樂主義者，然而他們那裡知道我何以要去追求酒色的原因？……我豈是甘心墮落者？我豈是無靈魂的人？不過看定了人生的運命，不得不如此自遣耳。」也許是這種悲觀自卑的性格，讓郁氏前兩次婚姻都以離婚收場，第一次是接受了家庭安排卻又不甘心去愛，第二次是勇於追求所愛卻因彼此性格的扞格，仍是勞燕分飛，〈蔦蘿行〉可謂預告了郁氏一生婚戀的悲劇。

春風沉醉的晚上

一

在滬上閒居了半年，因為失業的結果，我的寓所遷移了三處。最初我住在靜安寺路南的一間同鳥籠似的永也沒有太陽曬著的自由的監房裡。這些自由的監房的住民，除了幾個同強盜小竊一樣的凶惡裁縫之外，都是些可憐的無名文士，我當時所以送了那地方一個 Yellow Grub Street❶ 的稱號。在這 Grub Street 裡住了一個月，房租忽漲了價，我就不得不拖了幾本破書，搬上跑馬廳附近一家相識的棧房裡去。後來在這棧房裡又受了種種逼迫，不得不搬了，我便在外白渡橋北岸的鄧脫路中間，日新里對面的貧民窟裡，尋了一間小小的房間，遷移了過去。

鄧脫路的這幾排房子，從地上量到屋頂，只有一丈幾尺高。我住的樓上的那間房間，更是矮小得不堪。若站在樓板上伸一伸懶腰，兩隻手就要把灰黑的屋頂穿通的。從前面的衖裡踱進了那房子的門，便是房主的住房。在破布，洋鐵罐，玻璃瓶，舊鐵器堆滿的中間，側著身子走進兩步，就有一張中間有幾根橫檔跌落的梯子靠牆擺在那裡。用了這張梯子往上面的黑黝黝的一個二尺寬的洞裡一接，即能走上樓去。黑沉沉的這層樓上，本來只有貓額那樣大，房主人卻把它隔成了兩間小房，外面一間是一個N煙公司的工女住在那裡，我所租的是梯子口頭的那間小房，因為外間的住者要從我的房裡出入，所以我的每月的房租要比外間的便宜幾角小洋。

我的房主，是一個五十來歲的彎腰老人，他的臉上的青黃色裡，映射著一層暗黑的油光。兩隻眼睛是一隻大一隻小，顴骨很高，額上頰上的幾條皺紋裡滿砌著煤灰，好像每天早晨洗也洗不掉的樣子。他每日於八九點鐘的時候起來，咳嗽一陣，便挑了一只竹籃出去，到午後的三四點鐘總仍舊是挑了一只空籃回來的，有時挑了滿擔回來的時候，他的竹籃裡便是那些破布，破鐵器，玻璃瓶之類。像這樣的晚上，他必要去買些酒來喝喝，一個人坐在床沿上瞎罵出許多不可捉摸的話來。

我與間壁的同寓者的第一次相遇，是在搬來的那天午後。春天的急景已經快晚了的五點鐘的時候，我點了一枝蠟燭，在那裡安放幾本剛從棧房裡搬過來的破書。先把它們疊成了兩方堆，一堆小些，一堆大些，然後把兩個二尺長的裝畫的畫架覆在大一點的那堆書上。因為我的器具都賣完了，這一堆書和畫架白天要當寫字臺，晚上可當床睡的。擺好了畫架的板，我就朝著了這張由書疊成的桌子，坐在小一點的那堆書上吸煙，我的背係朝著梯子的接口的。我一邊吸煙，一邊在那裡呆看放在桌子上的蠟燭火，忽而聽見梯子口上起了響動。回頭一看，我只見了一個自家的擴大的投射影子，此外什麼也辨不出來，但我的聽覺分明告訴我說：「有人上來了。」我向暗中凝視了幾秒鐘，一個圓形灰白的面貌，半截纖細的女人的身體，方才映到我的眼簾上來。一見了她的容貌，我就知道她是我的間壁的同居者了。因為我來找房子的時候，那房主的老人便告訴我說，這屋裡除了他一個人外，樓上只住著一個工女。我一則喜歡房價的便宜，二則喜歡這屋裡沒有別的女人小孩，所以立刻就租定了的。等她走上了梯子，我才站起來對她點了點頭說：

「對不起，我是今朝才搬來的。以後要請你照應。」

她聽了我這話，也並不回答，放了一雙漆黑的大眼，對我深深的看了一眼，就走上她的門口去開了鎖，進房去了。我與她不過這樣的見了一面，不曉是什麼原因，我只覺得她是一個可憐的女子。她的高高的鼻梁，灰白長圓的面貌，清瘦不高的身體，好像都是表明她是可憐的特徵。但是當時正為了生活問題在那裡操心的我，也無暇去憐惜這還未曾失業的工女，過了幾分鐘我又動也不動的坐在那一小堆書上看蠟燭光了。

在這貧民窟裡過了一個多禮拜，她每天早晨七點鐘去上工和午後六點多鐘下工回來，總只見我呆呆的對著了蠟燭或油燈坐在那堆書上。大約她的好奇心被我那痴不痴呆不呆的態度挑動了罷，有一天她下了工走上樓來的時候，我依舊和第一天一樣的站起來讓她過去。她走到了我的身邊忽而停住了腳，看了我一眼，吞吞吐吐好像怕什麼似的問我說：

「你天天在這裡看的是什麼書?」

(她操的是柔和的蘇州音，聽了這一種聲音以後的感覺，是怎麼也寫不出來的，所以我只能把她的言語譯成普通的白話。)

我聽了她的話，反而臉上漲紅了。因為我天天呆坐在那裡，面前雖則有幾本外國書攤著，其實我的腦筋昏亂得很，就是一行一句也看不進去。有時候我只用了想像在書的上一行與下一行中間的空白裡，填些奇異的模型進去。有時候我只把書裡邊的插畫翻開來看看，就了那些插畫演繹些不近人情的幻想出來。我那時候的身體因為失眠與營養不良的結果，實際上已經成了病的狀態了。況且又因為我的唯一的財產的一件棉袍子已經破得不堪，白天不能走出外面去散步和房裡全沒有光線進來，不論白天晚上，都要點著油燈或蠟燭的緣故，非但我的全部健康不如常人，就是我的眼睛和腳力，也局部的非常萎縮了。在這樣狀態下的我，聽了她這一問，如何能夠不紅起臉來呢？所以我只是含含糊糊的回答說：

「我並不在看書，不過什麼也不做呆坐在這裡，樣子一定不好看，所以把這幾本書攤放著的。」她聽了這話，又深深的看了我一眼，作了一種不了解的形容，依舊的走到她的房裡去了。

那幾天裡，若說我完全什麼事情也不去找，什麼事情也不曾幹，卻是假的。有時候，我的腦筋稍微清新一點下來，也會譯過幾首英法的小詩，和幾篇不滿四千字的德國的短篇小說，於晚上大家睡熟的時候，不聲不響的出去投郵，寄投給各新開的書局。因為當時我的各方面就職的希望，早已經完全斷絕了，只有這一方面，還能靠了我的枯燥的腦筋，想想法子看。萬一中了他們編輯先生的意，把我譯的東西登了出來，也不難得著幾塊錢的酬報。所以我自遷移到鄧脫路以後，當她第一次同我講話的時候，這樣的譯稿已經發出了三四次了。

二

在亂昏昏的上海租界裡住著，四季的變遷和日子的過去是不容易覺得的。我搬到了鄧脫路的貧民窟之後，只覺得身上穿在那裡的那件破棉袍子一天一天的重了起來，熱了起來，所以我心裡想：

「大約春光也已經老透了罷！」

但是囊中很羞澀的我，也不能上什麼地方去旅行一次，日夜只是在那暗室的燈光下呆坐。有一天，大約是午後了，我也是這樣的坐在那裡，間壁的同住者忽而手裡拿了兩包用紙包好的物件走了上來，我站起來讓她走的時候，她把手裡的紙包放了一包在我的書桌上說：

「這一包是葡萄漿的麵包，請你收藏著，明天好吃的。另外我還有一包香蕉買在這裡，請你到我房裡來一道吃罷！」

我替她拿住了紙包，她就開了門邀我進她的房裡去。共住了這十幾天，她好像已經信用我是一個忠厚的人的樣子。我見她初見我的時候臉上流露出來的那一種疑懼的形容完全沒有了。我進了她的房裡，才知道天還未暗，因為她的房裡有一扇朝南的窗，太陽反射的光線從這窗裡投射進來，照見了小小的一間房，由二條板鋪成的一張床，一張黑漆的半桌，一只板箱，和一只圓凳。床上雖則沒有帳子，但堆著有二條潔淨的青布被褥。半桌上有一只小洋鐵箱擺在那裡，大約是她的梳頭器具，洋鐵箱上已經有許多油汙的點子了。她一邊把堆在圓凳上的幾件半舊的洋布棉襖，粗布褲等收在床上，一邊就讓我坐下。我看了她那殷勤待我的樣子，心裡倒不好意思起來，所以就對她說：

「我們本來住在一處，何必這樣的客氣。」

「我並不客氣，但是你每天當我回來的時候，總站起來讓路，我卻覺得對不起得很。」

這樣的說著，她就把一包香蕉打開來讓我吃。她自家也拿了一只，在床上坐下，一邊吃一邊問我說：

「你何以只住在家裡，不出去找點事情做做？」

「我原是這樣的想，但是找來找去總找不著事情。」

「你有朋友麼？」

「朋友是有的，但是到了這樣的時候，他們都不和我來往了。」

「你進過學堂麼？」

「我在外國的學堂裡曾經念過幾年書。」

「你家在什麼地方？何以不回家去？」

她問到了這裡，我忽而感覺到我自己的現狀了。因為自去年以來，我只是一日一日的萎靡下去，差不多把「我是什麼人」，「我現在所處的是怎麼一種境遇」，「我的心裡還是悲還是喜」，這些觀念都忘掉了。經她這一問，我重新把半年來困苦的情形一層一層的想了出來。所以聽她的問話以後，我只是呆呆的看她，半晌說不出話來。她看了我這個樣子，以為我也是一個無家可歸的流浪人，臉上就立時起了一種孤寂的表情，微微的嘆著說：

「唉！你也是同我一樣的麼？」

微微的嘆了一聲之後，她就不說話了。我看她的眼圈上有些潮紅起來，所以就想了一個另外的問題問她說：

「你在工廠裡做的是什麼工作？」

「是包紙煙的。」

「一天作幾個鐘頭工？」

「早晨七點鐘起，晚上六點鐘止，中午休息一個鐘頭，每天一共要作十個鐘頭的工。少作一點鐘就要扣錢的。」

「扣多少錢？」

「每月九塊錢，所以是三塊錢十天，三分大洋一個鐘頭。」

「飯錢多少？」

「四塊錢一月。」

「這樣算起來，每月一個鐘頭也不休息，除了飯錢，可省下五塊錢來。夠你付房錢買衣服的麼？」

「哪裡夠呢！並且那管理人又……啊啊！……我……我所以非常恨工廠的。你吸煙的麼？」

「吸的。」

「我勸你頂好還是不吸。就吸也不要去吸我們工廠的煙。我真恨死它在這裡。」

我看看她那一種切齒怨恨的樣子，就不願意再說下去。把手裡捏著的半個吃剩的香蕉咬了幾口，向四邊一看，覺得她的房裡也有些灰黑了，我站起來道了謝，就走回到了我自己的房裡。她大約作工倦了的緣故，每天回來大概是馬上就入睡的，只有這一晚上，她在房裡好像是直到半夜還沒有就寢。從這一回之後，她每天回來，總和我說幾句話。我從她自家的口裡聽得，知道她姓陳，名叫二妹，是蘇州東鄉人，從小係在上海鄉下長大的。她父親也是紙煙工廠的工人，但是去年秋天死了。她本來和她父親同住在那間房裡，每天同上工廠去的，現在卻只剩了她一個人了。她父親死後的一個多月，她早晨上工廠去也一路哭了去，晚上回來也一路哭了回來的。她今年十七歲，也無兄弟姊妹，也無近親的親戚。她父親死後的葬殮等事，是他於未死之前把十五塊錢交給樓下的老人，託這老人包辦的。她說：

「樓下的老人倒是一個好人，對我從來沒有起過壞心，所以我得同父親在日一樣的去作工；不過工廠的一個姓李的管理人卻壞得很，知道我父親死了，就天天想戲弄我。」

她自家和她父親的身世，我差不多全知道了，但她母親是如何的一個人，死了呢還是活在哪裡，假使還活著，住在什麼地方等等，她卻從來還沒有說及過。

三

天氣好像變了。幾日來我那獨有的世界，黑暗的小房裡的腐濁的空氣，同蒸籠裡的蒸氣一樣，蒸得人頭昏欲暈。我每年在春夏之交要發的神經衰弱的重症，遇了這樣的氣候，就要使我變成半狂。所以我這幾天來，到了晚上，等馬路上人靜之後，也常常走出去散步去。一個人在馬路上從狹隘的深藍天空裡看看群星，慢慢的向前行走，一邊作些漫無涯涘的空想，倒是於我的身體很有利益。當這樣的無可奈何，春風沉醉的晚上，我每要在各處亂走，走到天將明的時候才回家裡。我這樣的走倦了回去就睡，一睡直可睡到第二天的日中，有幾次竟要睡到二妹下工回來的前後方才起來。睡眠一足，我的健康狀態也漸漸的回復起來了。平時只能消化半磅麵包的我的胃部，自從我的深夜遊行的練習開始之後，進步得幾乎能容納麵包一磅了。這事在經濟上雖則是一大打擊，但我的腦筋，受了這些滋養，似乎比從前稍能統一。我於遊行回來之後，就睡之前，卻做成了幾篇 Allan Poe❷ 式的短篇小說，自家看看，也不很壞。我改了幾次，抄了幾次，一一投郵寄出之後，心裡雖然起了些微細的希望，但是想想前幾回的譯稿的絕無消息，過了幾天，也便把它們忘了。

鄰住者的二妹，這幾天來，當她早晨出去上工的時候，我總在那裡酣睡，只有午後下工回來的時候，有幾次有見面的機會。但是不曉是什麼原因，我覺得她對我的態度，又回到從前初見面的時候的疑懼狀態去了。有時候她深深的看我一眼，她的黑晶晶，水汪汪的眼睛裡，似乎是滿含著責備我規勸我的意思。

我搬到這貧民窟裡住後，約摸已經有二十多天的樣子。一天午後我正點上蠟燭，在那裡看一本從舊書鋪裡買來的小說的時候，二妹卻急急忙忙的走上樓來對我說：

「樓下有一個送信的在那裡，要你拿了印子去拿信。」

她對我講這話的時候，她的疑懼我的態度更表示得明顯，她好像在那裡說：「呵呵，你的事件是發覺了啊！」我對她這種態度，心裡非常痛恨，所以就氣急了一點，回答她說：

「我有什麼信？不是我的！」

她聽了我這氣憤憤的回答，更好像是得了勝利似的，臉上忽湧出了一種冷笑說：

「你自家去看罷！你的事情，只有你自家知道的！」

同時我聽見樓底下門口果真有一個郵差似的人在催著說：

「掛號信！」

我把信取來一看，心裡就突突的跳了幾跳，原來我前回寄去的一篇德文短篇的譯稿，已經在某雜誌上發表了，信中寄來的是五元錢的一張匯票。我囊裡正是將空的時候，有了這五元錢，非但月底要預付的來月的房金可以無憂，並且付過房金以後，還可以維持幾天食料。當時這五元錢對我的效用的廣大，是誰也不能推想得出來的。

第二天午後，我上郵局去取了錢，在太陽曬著的大街上走了一會，忽而覺得身上就淋出了許多汗來。我向我前後左右的行人一看，復向我自家的身上一看，就不知不覺的把頭低俯了下去。我頸上頭上的汗珠，更同盛雨似的，一顆一顆的鑽出來了。因為當我在深夜遊行的時候，天上並沒有太陽，並且料峭的春寒，於東方微白的殘夜，老在靜寂的街巷中留著，所以我穿的那件破棉袍子，還覺得不十分與節季違異。如今到了陽和的春日曬著的這日中，我還不能自覺，依舊穿了這件夜遊的敝袍，在大街上闊步，與前後左右的和節季同時進行的我的同類一比，我哪得不自慚形穢呢？我一時竟忘了幾日後不得不付的房金，忘了囊中本來將盡的些微的積聚，便慢慢的走上了閘路的估衣鋪去。好久不在天日之下行走的我，看看街上來往的汽車人力車，車中坐著的華美的少年男女，和馬路兩邊的綢緞鋪金銀鋪窗裡的豐麗的陳設，聽聽四面的同蜂衙似的嘈雜的人聲，腳步聲，車鈴聲，一時倒也覺得是身到了大羅天上的樣子。我忘記了我自家的存在，也想和我的同胞一樣的歡歌欣舞起來，我的嘴裡便不知不覺的唱起幾句久忘了的京調來了。這一時的涅槃幻境，當我想橫越過馬路，轉入鬧路去的時候，忽而被一陣鈴聲驚破了。我抬起頭來一看，我的面前正衝來了一乘無軌電車，車頭上站著的那肥胖的機器手，伏出了半身，怒目的大聲罵我說：

「豬頭三！依（你）艾（眼）睛勿散（生）咯！跌殺時，叫旺（黃）夠（狗）抵儂（命）噢！」我呆呆的站住了腳，目送那無軌電車尾後捲起了一道灰塵，向北過去之後，不知是從何處發出來的感情，忽而竟禁不住哈哈哈哈的笑了幾聲。等得四面的人注視我的時候，我才紅了臉慢慢的走向了鬧路裡去。

我在幾家估衣鋪裡，問了些夾衫的價錢，還了他們一個我所能出的數目。幾個估衣鋪的店員，好像是一個師父教出的樣子，都擺下了臉面，嘲弄著說：

「儂（你）尋薩咯（什麼）凱（開）心！馬（買）勿起好勿要馬（買）咯！」

一直問到五馬路邊上的一家小鋪子裡，我看看夾衫是怎麼也買不成了，才買定了一件竹布單衫，馬上就把它換上。手裡拿了一包換下的棉袍子，默默的走回家來。

一邊我心裡卻在打算：

「橫豎是不夠用了，我索性來痛快的用它一下罷。」同時我又想起了那天二妹送我的麵包香蕉等物。不等第二次的回想，我就尋著了一家賣糖食的店，進去買了一塊錢巧格力，香蕉糖，雞蛋糕等雜食。站在那店裡，等店員在那裡替我包好來的時候，我忽而想起我有一月多不洗澡了，今天不如順便也去洗一個澡罷。

洗好了澡，拿了一包棉袍子和一包糖食，回到鄧脫路的時候，馬路兩旁的店家，已經上電燈了。街上來往的行人也很稀少，一陣從黃浦江上吹來的日暮的涼風，吹得我打了幾個冷痙。我回到了我的房裡，把蠟燭點上，向二妹的房門一照，知道她還沒有回來。那時候我腹中雖則飢餓得很，但我剛買來的那包糖食怎麼也不願意打開來，因為我想等二妹回來同她一道吃。我一邊拿出書來看，一邊口裡盡在咽唾液下去。等了許多時候，二妹終不回來，我的疲倦不知什麼時候出來戰勝了我，就靠在書堆上睡著了。

四

二妹回來的響動把我驚醒的時候，我見我面前的一枝十二盎司一包的洋蠟燭已經點去了二寸的樣子，我問她是什麼時候了？她說：

「十點的汽笛剛剛放過。」

「你何以今天回來得這樣遲？」

「廠裡因為銷路大了，要我們作夜工。工錢是增加的，不過人太累了。」

「那你可以不去做的。」

「但是工人不夠，不做是不行的。」

她講到這裡，忽而滾了兩粒眼淚出來，我以為她是作工作得倦了，故而動了傷感，一邊心裡雖在可憐她，但一邊看了她這同小孩似的脾氣，卻也感著了些兒快樂。把糖食包打開，請她吃了幾顆之後，我就勸她說：

「初作夜工的時候不慣，所以覺得困倦，作慣了以後，也沒有什麼的。」

她默默的坐在我的半高的由書疊成的桌上，吃了幾顆巧格力，對我看了幾眼，好像是有話說不出來的樣子。我就催她說：

「你有什麼話說？」

她又沉默了一會，便斷斷續續的問我說：

「我……我……早想問你了，這幾天晚上，你每晚在外邊，可在與壞人作伙友麼？」

我聽了她這話，倒吃了一驚，她好像在疑我天天晚上在外面與小竊惡棍混在一塊。她看我呆了不答，便以為我的行為真的被她看破了，所以就柔柔和和的連續著說：

「你何苦要吃這樣好的東西，要穿這樣好的衣服？你可知道這事情是靠不住的。萬一被人家捉了去，你還有什麼面目做人。過去的事情不必去說它，以後我請你改過了罷。……」

我盡是張大了眼睛，張大了嘴，呆呆的在看她，因為她的思想太奇突了，使我無從辯解起。她沉默了數秒鐘，又接著說：

「就以你吸的煙而論，每天若戒絕了不吸，豈不可省幾個銅子。我早就勸你不要吸煙，尤其是不要吸那我所痛恨的N工廠的煙，你總是不聽。」

她講到了這裡，又忽而落了幾滴眼淚。我知道這是她為怨恨N工廠而滴的眼淚，但我的心裡，怎麼也不許我這樣的想，我總要把它們當作因規勸我而灑的。我靜靜兒的想了一會，等她的神經鎮靜下去之後，就把昨天的那封掛號信的來由說給她聽，又把今天的取錢買物的事情說了一遍，最後更將我的神經衰弱症和每晚何以必要出去散步的原因說了。她聽了我這一番辯解，就信用了我，等我說完之後，她頰上忽而起了兩點紅暈，把眼睛低下去看著桌上，好像是怕羞似的說：

「噢，我錯怪你了，我錯怪你了。請你不要多心。我本來是沒有歹意的。因為你的行為太奇怪了，所以我想到了邪路裡去。你若能好好兒的用功，豈不是很好麼？你剛才說的那——叫什麼的——東西，能夠賣五塊錢，要是每天能做一個，多麼好呢？」

我看了她這種單純的態度，心裡忽而起了一種不可思議的感情，我想把兩隻手伸出去擁抱她一回，但是我的理性卻命令我說：

「你莫再作孽了！你可知道你現在處的是什麼境遇！你想把這純潔的處女毒殺了麼？惡魔，惡魔，你現在是沒有愛人的資格的呀！」

我當那種感情起來的時候，曾把眼睛閉上了幾秒鐘，等聽了理性的命令以後，才把眼睛開了開來，我覺得我的周圍，忽而比前幾秒鐘更光明了。對她微微的笑了一笑，我就催她說：

「夜也深了，你該去睡了罷！明天你還要上工去的呢！我從今天起，就答應你把紙煙戒下來罷！」

她聽了我這話，就站了起來，很喜歡的回到她的房裡去睡了。

她去之後，我又換上一枝洋蠟燭，靜靜兒的想了許多事情：

「我的勞動的結果，第一次得來的這五塊錢已經用去了三塊了。連我原有的一塊多錢合起來，付房錢之後，只能省下二三角小洋來，如何是好呢！

「就把這破棉袍子去當罷！但是當鋪裡恐怕不要。」

「這女孩子真是可憐，但我現在的境遇，可是還趕她不上，她是不想做工而工作要強迫她做，我是想找一點工作，終於找不到。」

「就去作筋肉的勞動罷！啊啊，但是我這一雙弱腕，怕吃不下一部黃包車的重力。」

「自殺！我有勇氣，早就幹了。現在還能想到這兩個字，足證我的志氣還沒有完全消磨盡哩！

「哈哈哈哈！今天的那無軌電車的機器手！他罵我什麼來？」

「黃狗，黃狗倒是一個好名詞，……」

「…………」

我想了許多零亂斷續的思想，終究沒有一個好法子，可以救我出目下的窮狀來。聽見工廠的汽笛，好像在報十二點鐘了，我就站了起來，換上了白天脫下的那件破棉袍子，仍復吹熄了蠟燭，走出外面去散步去。

貧民窟裡的人已經睡眠靜了。對面日新里的一排臨鄧脫路的洋樓裡，還有幾家點著了紅綠的電燈，在那裡彈罷拉拉衣加。一聲二聲清脆的歌音，帶著哀調，從靜寂的深夜的冷空氣裡傳到我的耳膜上來，這大約是俄國的飄泊的少女，在那裡賣錢的歌唱。天上罩滿了灰白的薄雲，同腐爛的屍體似的沉沉的蓋在那裡。雲層破處也能看得出一點兩點星來，但星的近處，黝黝看得出來的天色，好像有無限的哀愁蘊藏著的樣子。

一九二三年七月十五日

注釋

❶Yellow Grub Street　英文，意為黃種人的寒士街。寒士街係倫敦的一條街名。Grub 意為窮文人。

❷Allan Poe　愛倫・坡（1809–1849），美國小說家及詩人，全名為 Edgar Allan Poe，幼孤，為 Allan 氏夫婦收養，曾就讀於維吉尼亞大學及西點軍校，皆僅一年而輟學，後寄住於巴爾的摩姑媽家，並與表妹結婚。妻子在婚後十一年（一八四七）病故，此時他雖已出版三本詩集及一本小說集，但仍貧病交加，為酒癮和精神病所苦，最後死於心臟衰竭與癲癇。

賞　析

本篇最初發表於一九二四年二月二十八日《創造》季刊第二卷第二期。

這是一篇以第一人稱自敘體裁表現的作品，透過敘述者「我」這一窮酸文人的眼睛，去看煙草女工陳二妹的善良質樸，表現出一種「同是天涯淪落人」的人情溫暖和對社會不公不義的控訴。

在郁達夫大量浪漫抒情、描寫病態心理的小說作品中，〈春風沉醉的晚上〉和以人力車夫為題材的〈薄奠〉無疑是郁達夫社會寫實的少數代表作，他自己在〈懺餘獨白〉一文中說到：「〈春風沉醉的晚上〉、〈薄奠〉、〈微雪的早晨〉多少帶一點社會主義的色彩。」這應是郁氏在寫作題材上突破、拓展的努力，在為藝術而藝術的文學觀之外，有意識地負擔起文學批評社會的使命感，第一次嘗試為人生而藝術。所以朱靖華在〈一個充滿矛盾而易遭誤解的作家〉文中認為〈春風沉醉的晚上〉和〈薄奠〉這兩篇作品：「是郁達夫創作高峰中最富有光彩的作品，它們是現代文學史上的兩顆明珠。在當時，他能如此深刻地刻畫勞動人民的優秀品質，也是十分罕見的。」（載《中國現代文學研究叢刊》一九八〇年第一輯）朱說不免過譽，應是受限於社會主義的文學史觀。刻畫勞動人民優秀品質者，同時代至少還有魯迅的〈一件小事〉，但郁達夫這兩篇作品，確實傳達了他頹廢、消極之外，另一種小說內容的可能性，也讓我們看到，郁達夫創作題材、手法的複雜，不可以簡單、片面的理解為病態，否則就無從理解郁氏在現實生活中對文學的熱衷、對社會運動的積極、對抗日反帝及政治、外交的正面參與、甚至於對愛情鍥而不捨的追求。

夏志清在《中國現代小說史》中認為這篇作品「主要表達的是人道主義的意味，也寫出人遇到純潔的人，慾念會化除。」我認為人道主義則有之，但郁氏此作並不在表現男女情慾，自然沒有化除慾念的問題。反倒是作者藉著主人公對自我內心及切身問題的探討，漸次擴展為對社會及資本主義的控訴。郁達夫以他過於常人甚或近乎病態的敏感，呈現出生命的卑微和苦難是不分階級的，是人生普遍存在的事實，從這一層次上看，這篇作品在突出社會問題外，實另有一種文學的典型在，郁氏能以特殊傳達普遍，是基於他超常的心靈感受能力，他曾藉著評論他人之作夫子自道地說：「在常人感受到五分痛苦的地方，藝術家所感到的痛苦，非要增加到十分或二十分不可」，「非要把這一層不滿，反抗，或苦悶叫喊出來，表現出來不可。」（見《奇零集．〈鴨綠江上〉讀後感》）

如果說郁達夫大致上的人格特質是消沉和悲觀的，那麼〈春風沉醉的晚上〉說明了他這種特質不僅是個體生命的感受總結，也是對社會悲觀的潛意識表現，這也是為什麼郁氏對小說中一對悲苦的男女，除了高潔的相濡以沫之情外，沒有給他們更樂觀正面的出路。當然，文學家的使命在反映現實、表現自我，如同鏡與燈一般，並不在解決人生或社會的問題，但這也說明了，〈春風沉醉的晚上〉中意象生動的主人公浮彫，實際上也是郁達夫思想感情藉小說作品的具體化，名為社會寫實，但仍不脫浪漫抒情的個人化色彩。

遲桂花

××兄：

突然間接著我這一封信，你或者會驚異起來，或者你簡直會想不出這發信的翁某是什麼人。但仔細一想，你也不在做官，而你的境遇，也未見得比我的好幾多倍，所以將我忘了的這一回事，或者是還不至於的。因為這除非是要貴人或境遇很好的人才做得出來的事情。前兩禮拜為了採辦結婚的衣服家具之類，才下山去。有好久不上城裡去了，偶爾去城裡一看，真是像丁令威❶的化鶴歸來，觸眼新奇，宛如隔世重生的人。在一家書鋪門口走過，一抬頭就看見了幾冊關於你的傳記評論之類的書。再踏進去一問，才知道你的著作竟積成了八九冊之多了。將所有的你的和關於你的書全買將回來一讀，彷彿是又接見了十餘年不見的你那副音容笑語的樣子。我忍不住了，一遍兩遍的盡在翻讀，愈讀愈想和你通一次信，見一次面。但因這許多年數的不看報，不識世務，不親筆硯的緣故，終於下了好幾次決心，而仍不敢把這心願來實現。現在好了，關於我的一切結婚的事情的準備，也已經料理到了十之七八，而我那年老的娘，又在打算著於明天一侵早就進城去，早就上床去躺下了。我那可憐的寡妹，也因為白天操勞過了度，這時候似乎也已經墜入了夢鄉，所以我可以靜靜兒的來練這久未寫作的筆，實現我這已經懷念了有半個多月的心願了。

提筆寫將下來，到了這裡，我真不知將如何的從頭寫起。和你相別以後，不通聞問的年數，隔得這麼的多，讀了你的著作以後，心裡頭觸起的感覺情緒，又這麼的複雜；現在當這一刻的中間，洶湧盤旋在我腦裡想和你談談的話，的確，不止像一部二十四史那麼的繁而且亂，簡直是同將要爆發的火山內層那麼的熱而且烈，急遽尋不出一個頭來。

我們自從房州海岸別來，到現在總也約莫有十多年光景了罷！我還記得那一天晴冬的早晨，你一個人立在寒風裡送我上車回東京去的情形。你那篇〈南遷〉❷的主人公，寫的是不是我？我自從那一年後，竟為這胸腔的惡病所壓倒，與你再見一次面和通一封信的機會也沒有，就此回國了。學校當然是中途退了學，連生存的希望都沒有了的時候，哪裡還顧得到將來的立身處世？哪裡還顧得到身外的學藝修能？到這時候為止的我的少年豪氣，我的絕大雄心，是你所曉得的。同級同鄉的同學，只有你和我往來得最親密。在同一公寓裡同住得最長久的，也只有你一個人；時常勸我少用些功，多保養身體，預備將來為國家為人類致大用的，也就是你。每於風和日朗的晴天，拉我上多摩川上井之頭公園及武藏野等近郊去散走閒遊的，除你以外，更沒有別的人了。那幾年高等學校時代的愉快的生活，我現在只教一閉上眼，還歷歷透視得出來。看了你的許多初期的作品，這記憶更加新鮮了。我的所以愈讀你的作品，愈想和你通一次信者，原因也就在這些過去的往事的追懷。這些都是你和我兩人所共有的過去，我寫也沒有寫得你那麼好，就是不寫你總也還記得的，所以我不想再說。我打算詳詳細細向你來作一個報告的，就是從那年冬天回故鄉以後的十幾年光景的山居養病的生活情形。

那一年冬天咯了血，和你一道上房州去避寒，在不意之中，又遇見了那個肺病少女——是真砂子罷？連她的名字我都忘了——無端惹起了那一場害人害己的戀愛事件。你送我回東京之後，住了一個多禮拜，我就回國來了。我們的老家在離城市有二十來里地的翁家山上，你是曉得的。回家住下，我自己對我的病，倒也沒什麼驚奇駭異的地方，可是我痰裡的血絲，臉上的蒼白，和身體的瘦削，卻把我那已經守了好幾年寡的老母急壞了，因為我那短命的父親，也是患這同樣的病而死去的。於是她就四處的去求神拜佛，採藥求醫，急得連粗茶淡飯都無心食用，頭上的白髮，也似乎一天一天的加多起來了。我哩！戀愛已經失敗了，學業也已輟了，對於此生，原已沒有多大的野心，所以就落得去由她擺布，積極地雖盡不得孝，便消極地盡了我的順。初回家的一年中間，我簡直門外也不出一步，各色各樣的奇形的草藥，和各色各樣的異味的單方，差不多都嘗了一個遍。但是怪得很，連我自己都滿以為沒有希望的這致命的病症，一到了回國後所經過的第二個春天，竟似乎有神助似地忽然減輕了，夜熱也不再發，盜汗也居然止住，痰裡的血絲早就沒有了。我的娘的喜歡，當然是不必說，就是在家裡替我煮藥縫衣，代我操作一切的我那位妹妹，也同春天的天氣一樣，時時展開了她的愁眉，露出了她那副特有的真真是討人歡喜的笑容。到了初夏，我藥也已經不服，有興致的時候，居然也能夠和她們一道上山前山後去採採茶，摘摘菜，幫她們去服一點小小的勞役了。是在這一年的——回家後第三年的——秋天，在我們家裡，同時候發生了兩件似喜而又可悲，說悲卻也可喜的悲喜劇。第一，就是我那妹妹的出嫁，第二，就是我定在城裡的那家婚約的解除。妹妹那年十九歲了，男家是只隔一支山嶺的一家鄉下的富家。他們來說親的時候，原是因為我們祖上是世代讀書的，總算是來和詩禮人家攀婚的意思。定親已經定過了四五年了，起初我娘卻嫌妹妹年紀太小，不肯馬上准他們來迎娶，後來就因為我的病，一擱就又擱起了兩三年。到了這一回，我的病總算已經恢復，而妹妹卻早到了該結婚的年齡了。男家來一說，我娘也就應允了他們，也算完了她自己的一件心事。至於我的這家親事呢，卻是我父親在死的前一年為我定下的，女家是城裡的一家相當有名的舊家。那時候我的年紀雖還很小，而我們家裡的不動產卻著實還有一點可觀。並且我又是一個長子，將來家裡要培植我讀書處世是無疑的，所以那一家舊家居然也應允了我的婚事。以現在的眼光看來，這門親事，當然是我們去竭力高攀的，因為杭州人家的習俗，是吃粥的人家的女兒，非要去嫁吃飯的人家不可的。還有鄉下姑娘，嫁往城裡，倒是常事，城裡的千金小姐，卻不大會下嫁到鄉下來的，所以當時的這個婚約，起初在根本上就有點兒不對。後來經我父親的一死，我們家裡，喪葬費用，就用去了不少。嗣後年復一年，母子三人，只吃著家裡的死飯。親族戚屬，少不得又要對我們孤兒寡婦，時時加以一點剝削。母親又忠厚無用，在出賣田地山場的時候，也不曉得市價的高低，大抵是任憑族人在從中勾搭。就因這種種關係的結果，到我考取了官費，上日本去留學的那一年，我們這一家世代讀書的翁家山上的舊家，已經只剩得一點僅能維持衣食的住屋山場和幾塊荒田了。當我初次出國的時候，承蒙他們不棄，我那未來的親家，還送了我些贐儀路費。後來於寒假暑假回國的期間，也曾央原媒來催過完姻。可是接著就是我那致命的病症的發生，與我的學業的中輟，於是兩三年中，他們和我們的中間，便自然而然的斷絕了交往。到了這一年的晚秋，當我那妹妹嫁後不久的時候，女家忽而又央了原媒來對母親說：「你們的大少爺，有病在身，婚娶的事情，當然是不大相宜的，而他家的小姐，也已經下了絕大的決心，立志終身不嫁了，所以這一個婚約，還是解除了的好。」說著就打開包裹，將我們傳紅時候交去的金玉如意，紅綠帖子等，拿了出來，退還了母親。我那忠厚老實的娘，人雖則無用，但面子卻是死要的，一聽了媒人的這一番說話，目瞪口僵，立時就滾下了幾顆眼淚來。幸虧我在旁邊，做好做歹的對娘勸慰了好久，她才含著眼淚，將女家的回禮及八字全帖等檢出，交還了原媒。媒人去後，她又上山後我父親的墳邊去大哭了一場。直到傍晚，我和同族鄰人等一道去拉她回來，她在路上，還流著滿臉的眼淚鼻涕，在很傷心地嗚咽。這一齣賴婚的怪劇，在我只有高興，本來是並沒有什麼大不了的，可是由頭腦很舊的她看來，卻似乎是翁家世代的顏面家聲都被他們剝盡了。自此以後，一直下來，將近十年，我和她母子二人，就日日的寡言少笑，相對煢煢，直到前年的冬天，我那妹夫死去，寡妹回來為止，兩個所過的，都是些在煉獄裡似的沉悶的日子。

說起我那寡妹，她真也是前世不修。人雖則很長大，身體雖則很強壯，但她的天性，卻永遠是一個天真活潑的小孩子。嫁過去那一年，來回郎的時候，她還是笑嘻嘻地如同上城裡去了一趟回來了的樣子，但雙滿月之後，到年下邊回來的時候，從來不曉得悲泣的她，竟對我母親掉起眼淚來了。她們夫家的公公雖則還好，但婆婆的繁言吝嗇，小姑的刻薄尖酸和男人的放蕩凶暴，使她一天到晚過不到一刻安閒自在的生活。工作操勞本係是她在家裡的時候所慣習的，倒並不以為苦，所最難受的，卻是多用一枝火柴，也要受婆婆責備的那一種儉約到不可思議的生活狀態。還有兩位小姑，左一句尖話，右一句毒語，彷彿從前我娘的不准他們早來迎娶，致使她們的哥哥染上了遊蕩的惡習，在外面養起了女人這一件事情，完全是我妹妹的罪惡。結婚之後，新郎的惡習，仍舊改不過來，反而是在城裡他那舊情人家裡過的日子多，在新房裡過的日子少。這一筆帳，當然又要寫在我妹妹的身上。婆婆說她不會侍奉男人，小姑們說她不會勸，不會騙。有時候公公看得難受，替她申辯一聲，婆婆就尖著喉嚨，要罵上公公的臉去：「你這老東西！臉要不要，臉要不要，你這扒灰❸老！」因我那妹夫，過的是這一種不自然的生活，所以前年夏天，就染了急病死掉了，於是我那妹妹又多了一個剋夫的罪名。妹妹年輕守寡，公公少不得總要對她客氣一點，婆婆在這裡就算抓住了扒灰的證據，三日一場吵，五日一場鬧，還是小事，有幾次在半夜裡，兩老夫婦還會大哭大罵的喧鬧起來。我妹妹於有一回被罵被逼得特別厲害的爭吵之後，就很堅決地搬回到了家裡來住了。自從她回來之後，我娘非但得到了一個很大的幫手，就是我們家裡的沉悶的空氣，也緩和了許多。

這就是和你別後，十幾年來，我在家裡所過的生活的大概。平時非但不上城裡去走走，當風雪盈途的冬季，我和我娘簡直有好幾個月不出門外的時候。我妹妹回來之後，生活又約略變過了。多年不做的焙茶事業，去年也竟出產了一二百斤。我的身體，經了十幾年的靜養，似乎也有一點把握了。從今年起，我並且在山上的晏公祠裡參加入了一個訓蒙的小學，居然也做了一位小學教師。但人生是動不得的，稍稍一動，就如滾石下山，變化便要接連不斷的簇生出來。我因為在教教書，而家裡頭又勉強地幹起了一點事業，今年夏季居然又有人來同我議婚了。新娘是近鄰鄉村裡的一位老處女，今年二十七歲，家裡雖稱不得富有，可也是小康之家。這位新娘，因為從小就讀了些書，曾在城裡進過學堂，相貌也還過得去——好幾年前，我曾經在一處市場上看見過她一眼的——故而高不湊，低不就，等閒便度過了她的錦樣的青春。我在教書的學校裡的那位名譽校長——也是我們的同族——本來和她是舊親，所以這位校長就在中間做了個傳紅線的冰人。我獨居已經慣了，並且身體也不見得分外強健，若一結婚，難保得舊病的不會復發，故而對這門親事，當初是斷然拒絕了的。可是我那年老的母親，卻仍是雄心未死，還在想我結一頭親，生下幾個玉樹芝蘭來，好重振重振我們的這已經墜落了很久的家聲，於是這親事就又同當年生病的時候服草藥一樣，勉強地被壓上我的身上來了。我哩，本來也已經入了中年了，百事原都看得很穿，又加以這十幾年的疏散和無為，覺得在這世上任你什麼也沒甚大不了的事情，落得隨隨便便的過去，橫豎是來日也無多了。只教我母親喜歡的話，那就是我稍稍犧牲一點意見也使得。於是這婚議，就在很短的時間裡，成熟得妥妥帖帖，現在連迎娶的日期也已經揀好了，是舊曆九月十二。

是因為這一次的結婚，我才進城裡去買東西，才發見了多年不見的你這老友的存在，所以結婚之日，我想請你來我這裡吃喜酒，大家來談談過去的事情。你的生活，從你的日記和著作中看來，本來也是同雲遊的僧道一樣的。讓出一點工夫來，上這一區僻靜的鄉間來住幾日，或者也是你所喜歡的事情。你來，你一定來，我們又可以回顧回顧一去而不復返的少年時代。

我娘的房間裡，有起響動來了，大約天總就快亮了罷。這一封信，整整地費了我一夜的時間和心血，通宵不睡，是我回國以後十幾年來不曾有過的經驗，你單只看取了我的這一點熱忱，我想你也不好意思不來。

啊，雞在叫了，我不想再寫下去了，還是讓我們見面之後再來談罷！

一九三二年九月　翁則生上

剛在北平住了個把月，重回到上海的翌日，和我進出的一家書鋪裡，就送了這一封掛號加郵託轉交的厚信來。我接到了這信，捏在手裡，起初還以為是一位我認識的作家，寄了稿子來託我代售的。但翻轉信背一看，卻是杭州翁家山的翁某某所發，我立時就想起了那位好學不倦，面容嫵媚，多年不相聞問的舊同學老翁。他的名字叫翁矩，則生是他的小名。人生得矮小娟秀，皮色也很白淨，因而看起來總覺得比他的實際年齡要小五六歲。在我們的一班裡，算他的年紀最小，操體操的時候，總是他立在最後的，但實際上他也只不過比我小了兩歲。那一年寒假之後，和他同去房州避寒，他的左肺尖，已經被結核菌損蝕得很厲害了。住不上幾天，一位也住在那近邊養肺病的日本少女，很熱烈地和他要好了起來，結果是那位肺病少女的因興奮而病劇，他也就同失了舵的野船似地遷回到了中國。以後一直十多年，我雖則在大學裡畢了業，但關於他的消息，卻一向還不曾聽見有人說起過。拆開了這封長信，上書室去坐下，從頭至尾細細讀完之後，我呆視著遠處，茫茫然如失了神的樣子，腦子裡也觸起了許多感慨與回思。我遠遠的看出了他的那種柔和的笑容，聽見了他的沉靜而又清澈的聲氣。直到天將暗下去的時候，我一動也不動，還坐在那裡呆想，而樓下的家人卻來催吃晚飯了。在吃晚飯的中間，我就和家裡的人談起了這位老同學，將那封長信的內容約略說了一遍。家裡的人，就勸我落得上杭州去旅行一趟，像這樣的秋高氣爽的時節，白白地消磨在煤煙灰土很深的上海，實在有點可惜，有此機會，落得去吃吃他的喜酒。

第二天仍舊是一天晴和爽朗的好天氣，午後二點鐘的時候，我已經到了杭州城站，在雇車上翁家山去了。但這一天，似乎是上海各洋行與機關的放假的日子，從上海來杭州旅行的人，特別的多。城站前面停在那裡候客的黃包車，都被火車上下來的旅客雇走了，不得已，我就只好上一家附近的酒店去吃午飯。在吃酒的當中，問了問堂倌以去翁家山的路徑，他便很詳細地指示我說：

「你只教坐黃包車到旗下的陳列所，搭公共汽車到四眼井下來走上去好了。你又沒有行李，天氣又這麼的好，坐黃包車直去是不上算的。」

得到了這一個指教，我就從容起來了，慢慢的喝完了半斤酒，吃了兩大碗飯，從酒店出來，便坐車到了旗下。恰好是三點前後的光景，湖六段的汽車剛載滿了客人，要開出去。我到了四眼井下車，從山下稻田中間的一條石板路走進滿覺隴去的時候，太陽已經平西到了三五十度斜角度的樣子，是牛羊下山，行人歸舍的時刻了。在滿覺隴的狹路中間，果然遇見了許多中學校的遠足歸來的男女學生的隊伍。上水樂洞口去坐下喝了一碗清茶，又拉住了一位農夫，問了聲翁則生的名字，他就曉得得很詳細似地告訴我說：

「是山上第二排的朝南的一家，他們那間樓房頂高，你一上去就可以看得見的。則生要討新娘子了，這幾天他們正在忙著收拾。這時候則生怕還在晏公祠的學堂裡哩。」

謝過了他的好意，付過了茶錢，我就順著上煙霞洞去的石級，一步一步的走上了山去。漸走漸高，人聲人影是沒有了，在將暮的晴天之下，我只看見了許多樹影。在半山亭裡立住歇了一歇，回頭向東南一望，看得見的，只是些青蔥的山和如雲的樹，在這些綠樹叢中又是些這兒幾點，那兒一簇的屋瓦與白牆。

「啊啊，怪不得他的病會得好起來了，原來翁家山是在這樣的一個好地方。」

煙霞洞我兒時也曾來過的，但當這樣晴爽的秋天，於這一個西下夕陽東上月的時刻，獨立在山中的空亭裡，來仔細賞玩景色的機會，卻還不曾有過。我看見了東天的已經滿過半弓的月亮，心裡正在羨慕翁則生他們老家的處地的幽深，而從背後又吹來了一陣微風，裡面竟含滿著一種說不出的撩人的桂花香氣。

「啊……」

我又驚異了起來：

「原來這兒到這時候還有桂花？我在以桂花著名的滿覺隴裡，倒不曾看到，反而在這一塊冷僻的山裡面來聞吸濃香，這可真也是奇事了。」

這樣的一個人獨自在心中驚異著，聞吸著，賞玩著，我不知在那空亭裡立了多少時候。突然從腳下樹叢深處，卻幽幽的有晚鐘聲傳過來了，東嗡，東嗡的這鐘聲實在真來得緩慢而淒清。我聽得耐不住了，拔起腳跟，一口氣就走上了山頂，走到了那個山下農夫曾經教過我的煙霞洞西面翁則生家的近旁。約莫離他家還有半箭路遠時候，我一面喘著氣，一面就放大了喉嚨向門裡面叫了起來：

「喂，老翁！老翁！則生！翁則生！」

聽見了我的呼聲，從兩扇關在那裡的腰門裡開出來答應的卻不是被我所喚的翁則生自己，而是我從來也沒有見過面的，比翁則生略高三五分的樣子，身體強健，兩頰微紅，看起來約莫有二十四五的一位女性。

她開出了門，一眼看見了我，就立住腳驚疑似地略呆了一呆。同時我看見她臉上卻漲起了一層紅暈，一雙大眼睛眨了幾眨，深深地吞了一口氣。她似乎已經鎮靜下去了，便很靦腆地對我一笑。在這一臉柔和的笑容裡，我立時就看到了翁則生的面相與神氣，當然她是則生的妹妹無疑了，走上了一步，我就也笑著問她說：

「則生不在家麼？你是他的妹妹不是？」

聽了我這一句問話，她臉上又紅了一紅，柔和地笑著，半俯了頭，她方才輕輕地回答我說：

「是的，大哥還沒有回來，你大約是上海來的客人罷？吃中飯的時候，大哥還在說哩！」

這沉靜清澈的聲氣，也和翁則生的一色而沒有兩樣。

「是的，我是從上海來的。」

我接著說：

「我因為想使則生驚駭一下，所以電報也不打一個來通知，接到他的信後，馬上就動身來了。不過你們大哥的好日也太逼近了，實在可也沒有寫一封信來通知的時間餘裕。」

「你請進來罷，坐坐吃碗茶，我馬上去叫了他來。怕他聽到了你來，真要驚喜得像瘋了一樣哩。」

走上臺階，我還沒有進門，從客堂後面的側門裡，卻走出了一位頭髮雪白，面貌清癯，大約有六十內外的老太太來。她的柔和的笑容，也是和她的女兒兒子的笑容一色一樣的。似乎已經聽見了我們在門口所交換過的談話了，她一開口就對我說：

「是郁先生麼？為什麼不寫一封快信來通知？則生中飯還在說，說你若要來，他打算進城上車站去接你去的。請坐，請坐，晏公祠只有十幾步路，讓我去叫他來罷，怕他真要高興得像什麼似的哩。」說完了，她就朝向了女兒，吩咐她上廚下去燒碗茶來。她自己卻踏著很平穩的腳步，走出大門，下臺階去通知則生去了。

「你們老太太倒還輕健得很。」

「是的，她老人家倒還好。你請坐罷，我馬上起了茶來。」

她上廚下去起茶的中間，我一個人，在客堂裡倒得了一個細細觀察周圍的機會。則生他們的住屋，是一間三開間而有後軒後廂房的樓房。前面階沿外走落臺階，是一塊可以造廳造廂樓的大空地。走過這塊數丈見方的空地，再下兩級臺階，便是村道了。越村道而下，再低數尺，又是一排人家的房子。但這一排房子，因為都是平屋，所以擋不殺翁則生他們家裡的眺望。立在翁則生家的空地裡，前山後山的山景，是依舊歷歷可見的。屋前屋後，一段一段的山坡上，都長著些不大知名的雜樹，三株兩株夾在這些雜樹中間，樹葉短狹，葉與細枝之間，滿撒著鋸末似的黃點的，卻是木犀花樹。前一刻在半山空亭裡聞到的香氣，源頭原來就係出在這一塊地方的。太陽似乎已下了山，澄明的光裡，已經看不見日輪的金箭，而山腳下的樹梢頭，也早有一帶晚煙籠上了。山上的空氣，真靜得可憐，老遠老遠的山腳下的村裡，小兒在呼喚的聲音，也清晰地聽得出來。我在空地裡立了一會，背著手又踱回到了翁家的客廳，向四壁掛在那裡的書畫一看，卻使我想起了翁則生信裡所說的事實。琳琅滿目，掛在那裡的東西，果然是件件精緻，不像是鄉下人家的俗惡的客廳。尤其使我看得有趣的，是陳豪寫的一堂〈歸去來辭〉的屏條，墨色的鮮豔，字跡的秀腴，有點像董香光而更覺得柔媚。翁家的世代書香，只須上這客廳裡來一看就可以知道了。我立在那裡看字畫還沒有看得周全，忽而背後門外老遠的就飛來了幾聲叫聲：

「老郁！老郁！你來得真快！」

翁則生從小學校裡跑回來了，平常總很沉靜的他，這時候似乎也感到了一點興奮。一走進客堂，他握住了我的兩手，盡在喘氣，有好幾秒鐘說不出話來。等落在後面的他娘走到的時候，三人才各放聲大笑了起來。這時候他妹妹也已經將茶燒好，在一個朱漆盤裡放著三碗搬出來擺上桌子來了。

「你看，則生這小孩，他一聽見我說你到了，就同猴子似的跳回來了。」他娘笑著對我說。

「老翁！說你生病生病，我看你倒仍舊不見得衰老得怎麼樣，兩人比較起來，怕還是我老得多哩？」

我笑說著，將臉朝向了他的妹妹，去徵她的同意。她笑著不說話，只在守視著我們的歡喜笑樂的樣子。則生把頭一扭，向他娘指了一指，就接著對我說：

「因為我們的娘在這裡，所以我不敢老下去嚇。並且媳婦兒也還不曾娶到，一老就得做老光棍了，那還了得！」

經他這麼一說，四個人重又大笑起來了，他娘的老眼裡幾乎笑出了眼淚。則生笑了一會，就重新想起了似的替他妹妹介紹：

「這是我的妹妹，她的事情，你大約是曉得的罷？我在那信裡是寫得很詳細的。」

「我們可不必你來介紹了，我上這兒來，頭一個見到的就是她。」

「噢，你們倒是有緣啊！蓮，你猜這位郁先生的年紀，比我大呢，還是比我小？」

他妹妹聽了這一句話，面色又漲紅了，正在囁嚅困惑的中間，她娘卻止住了笑，問我說：

「郁先生，大約是和則生上下年紀罷？」

「那裡的話，我要比他大得多哩。」

「娘，你看還是我老呢，還是他老？」

則生又把這問題轉向了他的母親。他娘仔細看了我一眼，就對他笑罵般的說：

「自然是郁先生來得老成穩重，誰更像你那樣的不脫小孩子脾氣呢！」

說著，她就走近了桌邊，舉起茶碗來請我喝茶。我接過來喝了一口，在茶裡又聞到了一種實在是令人欲醉的桂花香氣。掀開了茶碗蓋，我俯首向碗裡一看，果然在綠瑩瑩的茶水裡散點著有一粒一粒的金黃的花瓣。則生以為我在看茶葉，自己拿起了一碗喝了一口，他就對我說：

「這茶葉是我們自己製的，你說怎麼樣？」
「我並不在看茶葉，我只覺這觸鼻的桂花香氣，實在可愛得很。」
「桂花嗎？這茶葉裡的還是第一次開的早桂，現在在開的遲桂花，才有味哩！因為開得遲，所以日子也經得久。」
「是的是的，我一路上走來，在以桂花著名的滿覺隴裡，倒聞不著桂花的香氣。看看兩旁的樹上，都只剩了一簇一簇的淡綠的桂花托子了，可是到了這裡，卻同做夢似地，所聞吸的盡是這種濃豔的氣味，老翁，你大約是已經聞慣了，不覺得什麼罷？我……我……」
說到了這裡，我自家也忍不住笑了起來。則生儘管在追問我，「你怎麼樣？你怎麼樣？」到了最後，我也只好說了：
「我，我聞了，似乎要起性欲衝動的樣子。」
則生聽了，馬上就大笑了起來，他的娘和妹妹雖則並沒有明確地了解我們的說話的內容，但也曉得我們是在說笑話，母女倆便含著微笑，上廚下去預備晚飯去了。
我們兩人在客廳上談談笑笑，竟忘記了點燈，一道銀樣的月光，從門裡灑進來了。則生看見了月亮，就站起來想去拿煤油燈，我卻止住了他，說：

「在月光底下清談，豈不是很好麼？你還記不記得起，那一年在井之頭公園裡的一夜遊行？」

所謂那一年者，就是翁則生患肺病的那一年秋天。他因為用功過度，變成了神經衰弱症。有一天，他課也不去上，竟獨自一個在公寓裡發了一天的瘋。到了傍晚，他飯也不吃，從公寓裡跑出去了。我接到了公寓主人的注意，下學回來，就遠遠的在守視著他，看他走出了公寓，就也追蹤著他，遠遠地跟他一道到了井之頭公園。從東京到井之頭公園去的高架電車，本來是有前後的兩乘，所以在電車上，我和他並不遇著。直到下車出車站之後，我假裝無意中和他衝見了似的同他招呼了。他紅著雙頰，問我這時候上這野外來幹什麼，我說是來看月亮的，記得那一晚正是和這天一樣地有月亮的晚上。兩人笑了一笑，就一道的在井之頭公園的樹林裡走到了夜半方才回來。後來聽他的自白，他是在那一天晚上想到井之頭公園去自殺的，但因為遇見了我，談了半夜，胸中的煩悶，有一半消散了，所以就同我一道又轉了回來。「無限胸中煩悶事，一宵清話又成空！」他自白的時候，還念出了這兩句詩來，借作解嘲。以後他就因傷風而發生了肺炎，肺炎癒後，就一直的為結核菌所壓倒了。

談了許多懷舊話後，話頭一轉，我就提到了他的這一回的喜事。

「這一回的喜事麼？我在那信裡也曾和你說過。」

談話的內容，一從空想追懷轉向了現實，他的聲氣就低了下去，又回復了他舊日的沉靜的態度。

「在我是無可無不可的，對這事情最起勁的，倒是我的那位年老的娘。這一回的一切準備麻煩，都是她老人家在替我忙的。這半個月中間，她差不多日日跑城裡。現在是已經弄得完完全全，什麼都預備好了，明朝一日，就要來搭燈彩，下午是女家送嫁妝來，後天就是正日。可是老郁，有一件事情，我覺得很難受，就是蓮兒——這是我妹妹的小名——近來，似乎是很不高興的樣子，她話雖則不說，但因為她是很天真的緣故，所以在態度上表情上處處我都看得出來。你是初同她見面，所以並不覺得什麼，平時她著實要活潑哩，簡直活潑得同現代的那些時髦女郎一樣，不過她的活潑是天性的純真，而那些現代女郎，卻是學來的時髦。……按說哩，這心緒的惡劣，也是應該的，她雖則是一個純真的小孩子，但人非木石，究竟總有一點感情，看到了我們這裡的婚事熱鬧，無論如何，總免不得要想起她自己的身世淒涼的。並且還有一個最重要的動機，彷彿是她在覺得自己今後的寄身無處。這兒雖是娘家，但她卻是已經出過嫁的女兒了，哥哥討了嫂嫂，她還有什麼權利再寄食在娘家呢？

所以我當這婚事在談起的當初，就一次兩次的對她說過了，不管它怎樣，她總是我的妹妹，除非她要再嫁，則沒有話說，要是不然的話，那她是一輩子有和我同居，和我對分財產的權利的，請她千萬不要自己感到難過。這一層意思，她原也明白，我的性情，她是曉得的，可是不曉得怎麼，她近來似乎總有點不大安閒的樣子。你來得正好，順便也可以勸勸她。並且明天發嫁妝結燈彩之類的事情，怕她看了又要想到自己的身世，我想明朝一早就叫她陪你出去玩去，省得她在家裡一個人在暗中受苦。」

「那好極了，我明天就陪她出去玩一天回來。」

「那可不對，假使是你陪她出去玩的話，那是形跡更露，愈加要使她難堪了。非要裝作是你要她去作陪不行。彷彿是你想出去玩，但我卻沒有工夫陪你，所以只好勉強請她和你一道出去。要這樣，她才安逸。」

「好，好，就這麼辦，明天我要她陪我去逛五雲山去。」

正談到了這時，他的那位老母從客室後面的那扇側門裡走出來了，看到了我們坐在微明灰暗的客室裡談天，她又笑了起來說：

「十幾年不見的一段總帳，你們難道想在這幾刻工夫裡算它清來麼？有什麼話談得那麼起勁，連燈都忘了點一點？則生，你這孩子真像是瘋了，快立起來，把那盞保險燈點上。」

說著她又跑回到了廚下，去拿了一盒火柴出來。則生爬上桌子，在點那盞懸在客室正中的保險燈的時候，她就問我吃晚飯之先，要不要喝酒。則生一邊在點燈，一邊就從肩背上叫他娘說：

「娘，你以為他也是肺癆病鬼麼？郁先生是以喝酒出名的。」

「那麼你快下來去開罈去罷，今天挑來的那兩罈酒，不曉得好不好，請郁先生嘗嘗看。」

他娘聽了他的話後，就也昂起了頭，一面在看他點燈，一面在催他下來去開酒去。

「幸而是酒，請郁先生嘗一嘗新，倒還不要緊，要是新娘子，那可使不得。」

他笑說著從桌子上跳了下來，他娘眼睛望著了我，嘴唇卻朝著了他啐了一聲說：

「你看這孩子，說話老是這樣不正經的！」

「因為他要做新郎官了，所以在高興。」

我也笑著對他娘說了一聲，旋轉身就一個人踱出了門外，想看一看這翁家山的秋夜的月明，屋內且讓他們母子倆去開酒去。

月光下的翁家山，又不相同了。從樹枝裡篩下來的千條萬條的銀線，像是電影裡的白天的外景。不知躲在什麼地方的許多秋蟲的鳴唱，驟聽之下，滿以為在下急雨。白天的熱度，日落之後，忽然收斂了，於是草木很多的這深山頂上，就也起了一層白茫茫的透明霧障。山上電燈線似乎還沒有接上，遠近一家一家看得見的幾點煤油燈光，彷彿是大海灣裡的漁燈野火。一種空山秋夜的沉默的感覺，處處在高壓著人，使人肅然會起一種畏敬之思。我獨立在庭前的月光亮裡看不上幾分鐘，心裡就有點寒竦竦的怕了起來，回身再走回客室，酒菜杯筷，都已熱氣蒸騰的擺好在那裡候客了。

四個人當吃晚飯的中間，則生又說了許多笑話。因為在前回聽取了一番他所告訴我的衷情之後，我於舉酒杯的瞬間，偷眼向他妹妹望望，覺得在她的柔和的笑臉上，的確似乎是有一種說不出的悲寂的表情流露在那裡的樣子。這一餐晚飯，吃盡了許多時間，我因為白天走路走得不少，而談話之後又感到了一點興奮，肚子有點餓了，所以酒和菜，竟吃得比平時要多一倍。到了最後將快吃完的當兒，我就向則生提出說：

「老翁，五雲山我倒還沒有去玩過，明天你可不可以陪我一道去玩一趟？」

則生仍復以他的那種滑稽的口吻回答我說：

「到了結婚的前一日，新郎官哪裡走得開呢，還是改天再去罷。等新娘子來了之後，讓新郎新娘抬了你去燒香，也還不遲。」

我卻仍復主張著說，明天非去不行。則生就說：

「那麼替你去叫一頂轎子來，你坐了轎子去，橫豎是明天轎夫會來的。」

「不行不行，遊山玩水，我是喜歡走的。」

「你認得路麼？」

「你們這一種鄉下的僻路，我哪裡會認得呢？」

「那就怎麼辦呢？……」

則生抓著頭皮，臉上露出了一臉為難的神氣。停了一二分鐘，他就舉目向他的妹妹說：

「蓮！你怎麼樣！你是一位女豪傑，走路又能走，地理又熟悉，你替我陪了郁先生去怎麼樣？」

他妹妹也笑了起來，舉起眼睛來向她娘看了一眼。接著她娘就說：

「好的，蓮，還是你陪了郁先生去罷，明天你大哥是走不開的。」

我一看她臉上的表情，似乎已經有了答應的意思了，所以又追問了她一聲說：

「五雲山可著實不近哩，你走得動的麼？回頭走到半路，要我來背，那可辦不到。」

她聽了這話，就真同從心坎裡笑出來的一樣笑著說：

「別說是五雲山，就是老東岳，我們也一天要往返兩次哩。」

從她的紅紅的雙頰，挺突的胸脯，和肥圓的肩臂看來，這句話也決不是她誇的大口。吃完晚飯，又談了一陣閒天，我們因為明天各有忙碌的操作在前，所以一早就分頭到房裡去睡了。

山中的清曉，又是一種特別的情景。我因為昨天夜裡多喝了一點酒，上床去一睡，就同大石頭掉下海裡似的，一直就酣睡到了天明。窗外面吱吱唧唧的鳥聲喧噪得厲害，我滿以為還是夜半，月明將野鳥驚醒了，但睜開眼掀開帳子來一望，窗內窗外已飽浸著晴天爽朗的清晨光線，窗子上面的一角，卻已經有一縷朝陽的紅箭射到了。急忙滾出了被窩，穿起衣服，跑下樓去一看，他們母子三人，也已梳洗得妥妥服服，說是已經在做了個把鐘頭的事情之後。平常他們總是於五點鐘前後起床的。

這一種日出而作，日入而息的山中住民的生活秩序，又使我對他們感到了無窮的敬意。四人一道吃過了早餐，我和則生的妹妹，就整了一整行裝，預備出發。臨行之際，他娘又叫我等一下子，她很迅速地跑上樓上去取了一枝黑漆手杖下來，說，這是則生生病的時候用過的，走山路的時候，用它來撐扶撐扶，氣力要省得多。我謝過了她的好意，就讓則生的妹妹上前帶路，走出了他們的大門。

早晨的空氣，實在澄鮮得可愛。太陽已經升高了，但它的領域，還只限於屋檐，樹梢，山頂等突出的地方。山路兩旁的細草上，露水還沒有乾，而一味清涼觸鼻的綠色草氣，和入在桂花香味之中，聞了好像是宿夢也能搖醒的樣子。起初還在翁家山村內走著，則生的妹妹，對村中的同性，三步一招呼，五步一立談的應接得忙不暇給。走盡了這村子的最後一家，沿了入谷的一條石板路走上下山面的時候，遇見的人也沒有了，前面的眺望，也轉換了一個樣子。朝我們去的方向看去，原又是岡巒的起伏和別墅的縱橫，但稍一住腳，掉頭向東面一望，一片同呵了一口氣的鏡子似的湖光，卻躺在眼下了。遠遠從兩山之間的谷頂望去，並且還看得出一角城裡的人家，隱約藏躲在尚未消盡的湖霧當中。

我們的路先朝西北，後又向西南，先下了山坡，後又上了山背，因為今天有一天的時間，可以供我們消磨，所以一離了村境，我就走得特別的慢。每這裡看看，那裡看看的看個不住。若看見了一件稍可注意的東西，那不管它是風景裡的一點一堆，一山一水，或植物界的一草一木與動物界的一鳥一蟲，我總要拉住了她，尋根究底的問得它仔仔細細。說也奇怪，小時候只在村裡的小學校裡念過四年書的她——這是她自己對我說的——對於我所問的東西，卻沒有一樣不曉得的。關於湖上的山水古跡，廟宇樓臺哩，那還不要去管它，大約是生長在西湖附近的人，個個都能夠說出一個大概來的，所以她的知道得那麼詳細，倒還在情理之中，但我覺得最奇怪的，卻是她的關於這西湖附近的區域之內的種種動植物的知識。無論是如何小的一隻鳥，一個蟲，一株草，一棵樹，她非但各能把它們的名字叫出來，並且連幾時孵化，幾時他遷，幾時鳴叫，幾時脫殼，或幾時開花，幾時結實，花的顏色如何，果的味道如何等，都說得非常有趣而詳盡，使我覺得彷彿是在讀一部活的樺候脫的《賽兒鵬自然史》(G. White's❹ *Natural History and Antiquities of Selborne*)。而樺候脫的書，卻決沒有敘述得她那麼樸質自然而富於刺激，因為聽聽她那種舒徐清澈的語氣，看看她那一雙天生成像飽使過耐吻胭脂棒般的紅唇，更加上以她所特有的那一臉微笑，在知識分子之外還不得不添一種情的成分上去，於書的趣味之上更要兼一層人的風韻在裡頭。我們慢慢的談著天，走著路，不上一個鐘頭的光景，我竟恍恍惚惚，像又回復了青春時代似的完全為她迷倒了。

她的身體，也真發育得太完全，穿的雖是一件鄉下裁縫做的不大合式的大綢夾袍，但在我的前面一步一步的走去，非但她的肥突的後部，緊密的腰部，和斜圓的脛部的曲線，看得要簇生異想，就是她的兩隻圓而且軟的肩膊，多看一歇，也要使我貪鄙起來。立在她的前面和她講話哩，則那一雙水汪汪的大眼，那一個隆正的尖鼻，那一張紅白相間的橢圓嫩臉，和因走路走得氣急，一呼一吸漲落得特別快的那個高突的胸脯，又要使我惱殺。還有她那一頭不曾剪去的黑髮哩，梳的雖然是一個自在的懶髻，但一映到了她那個圓而且白的額上，和短而且腴的頸際，看起來，又格外的動人。總之，我在昨天晚上，不曾在她身上發見的康健和自然的美點，今天因這一回的遊山，完全被我觀察到了。此外我又在她的談話之中，證實了翁則生也和我曾經講到過的她的生性的活潑與天真。譬如我問她今年幾歲了？她說，二十八歲。我說這真看不出，我起初還以為你只有二十三四歲，她說，女人不生產是不大會老的。我又問她，對於則生這一回的結婚，你有點什麼感觸？她說，另外也沒有什麼，不過以後長住在娘家，似乎有點對不起大哥和大嫂。像這一類的純粹真率的談話，我另外還聽取了許多許多，她的樸素的天性，真真如翁則生之所說，是一個永久的小孩子的天性。

爬上了龍井獅子峰下的一處平坦的山頂，我於聽了一段她所講的如何栽培茶葉，如何摘取焙烘，與那時候的山家生活的如何緊張而有趣的故事之後，便在路旁的一塊大岩石上坐下了。遙對著在晴天下太陽光裡躺著的杭州城市，和近水遙山，我的雙眼只凝視著蒼空的一角，有半晌不曾說話。一邊在我的腦裡，卻只在回想著德國的一位名延生（Jensen❺）的作家所著的一部小說《野紫薇愛立喀》（*Die Braune Erika*）。這小說後來又有一位英國的作家哈特生（Hodson❻）摹仿了，寫了一部《綠陰》（*Green Mansions*）。兩部小說裡所描寫的，都是一個極可愛的生長在原野裡的天真的女性，而女主人公的結果，後來都是不大好的。我沉默著痴想了好久，她卻從我背後用了她那隻肥軟的右手很自然地搭上了我的肩膀。

「你一聲也不響的在那裡想什麼？」

我就伸上手去把她的那隻肥手捏住了，一邊就扭轉了頭微笑著看入了她的那雙大眼，因為她是坐在我的背後的。我捏住了她的手又默默對她注視了一分鐘，但她的眼裡臉上卻絲毫也沒有羞懼興奮的痕跡出現，她的微笑，還依舊同平時一點兒也沒有什麼的笑容一樣。看了我這一種奇怪的形狀，她過了一歇，反又很自然的問我說：

「你究竟在那裡想什麼？」

倒是我被她問得難為情起來了，立時覺得兩頰就潮熱了起來。先放開了那隻被我捏住在那兒的她的手，然後乾咳了兩聲，最後我就鼓動了勇氣，發了一聲同被絞出來似的答語：

「我……我在這兒想你！」

「是在想我的將來如何的和他們同住麼？」

她的這句反問，又是非常的率真而自然，滿以為我是在為她設想的樣子。我只好沉默著把頭點了幾點，而眼睛裡卻酸溜溜的覺得有點熱起來了。

「啊，我自己倒並沒有想得什麼傷心，為什麼，你，你卻反而為我流起眼淚來了呢？」

她像吃了一驚似的立了起來問我，同時我也立起來了，且在將身體起立的行動當中，乘機拭去了我的眼淚。我的心地開朗了，欲情也淨化了，重複向南慢慢走上嶺去的時候，我就把剛才我所想的心事，盡情告訴了她。我將那兩部小說的內容講給了她聽，我將我自己的邪心說了出來，我對於我剛才所觸動的那一種自己的心情，更下了一個嚴正的批判，末後，便這樣的對她說：

「對於一個潔白得同白紙似的天真小孩，而加以玷汙，是不可赦免的罪惡。我剛才的一念邪心，幾乎要使我犯下這個大罪了。幸虧是你的那顆純潔的心，那顆同高山上的深雪似的心，卻救我出了這一個險。不過我雖則犯罪的形跡沒有，但我的心，卻是已經犯過罪的。所以你要罰我的話，就是處我以死刑，我也毫無悔恨。你若以為我是那樣卑鄙，而將來永沒有改善的希望的話，那今天晚上回去之後，向你大哥母親，將我的這一種行為宣布了也可以。不過你若以為這是我的一時糊塗，將來是永也不會再犯的話，那請你相信我的誓言，以後請你當我作你大哥一樣那麼的看待，你若有急有難，有不了的事情，我總情願以死來代替著你。」

當我在對她作這些懺悔的時候，兩人起初是慢慢在走的，後來又在路旁坐下了。說到了最後的一節，倒是她反同小孩子似的發著抖，捏住了我的兩手，倒入了我的懷裡，嗚嗚咽咽的哭了起來。我等她哭了一陣之後，就拿出了一塊手帕來替她揩乾了眼淚，將我的嘴唇輕輕地擱到了她的頭上。兩人偎抱著沉默了好久，我又把頭俯了下去，問她，我所說的這段話的意思，究竟明白了沒有。她眼看著了地上，把頭點了幾點。我又追問了她一聲：

「那麼你承認我以後做你的哥哥了不是？」

她又俯視著把頭點了幾點，我撒開了雙手，又伸出去把她的頭捧了起來，使她的臉正對著了我。對我凝視了一會，她的那雙淚珠還沒有收盡的水汪汪的眼睛，卻笑起來了。我乘勢把她一拉，就同她攙著手並立了起來。

「好，我們是已經決定了，我們將永久地結作最親愛最純潔的兄妹。時候已經不早了，讓我們快一點走，趕上五雲山去吃午飯去。」

我這樣說著，攙著她向前一走，她也恢復了早晨剛出發的時候的元氣，和我並排著走向了前面。

兩人沉默著向前走了幾十步之後，我側眼向她一看，同奇蹟似地忽而在她的臉上看出了一層一點兒憂慮也沒有的滿含著未來的希望和信任的聖潔的光耀來。這一種光耀，卻是我在這一刻以前的她的臉上從沒有看見過的。我愈看愈覺得對她生起敬愛的心思來了，所以不知不覺，在走路的當中竟接連著看了她好幾眼。本來只是笑嘻嘻地在注視著前面太陽光裡的五雲山的白牆頭的她，因為我的腳步的遲亂，似乎也感覺到了我的注意力的分散了，將頭一側，她的雙眼，卻和我的視線接成了兩條軌道。她又笑起來了，同時也放慢了腳步。再向我看了一眼，她才靦腆地開始問我說：

「那我以後叫你什麼呢？」

「你叫則生叫什麼，就叫我也叫什麼好了。」

「那麼——大哥！」

大哥的兩字，是很急速的緊連著叫出來的，聽到了我的一聲高聲的「啊！」的應聲之後，她就漲紅了臉，撒開了手，大笑著跑上前面去了。一面跑，一面她又回轉頭來，「大哥！」「大哥！」的接連叫了我好幾聲。等我一面叫她別跑，一面我自己也跑著追上了她背後的時候，我們的去路已經變成了一條很窄的石嶺，而五雲山的山頂，看過去也似乎是很近了。仍復了平時的腳步，兩人分著前後，在那條窄嶺上緩步的當中，我才覺得真真是成了她的哥哥的樣子，滿含著了慈愛，很正經地吩咐她說：

「走得小心，這一條嶺多麼險啊！」

走到了五雲山的財神殿裡，太陽剛當正午，廟裡的人已經在那裡吃中飯了。我們因為在太陽底下的半天行路，口已經乾渴得像旱天的樹木一樣，所以一進客堂去坐下，就教他們先起茶來，然後再開飯給我們吃。洗了一個手臉，喝了兩三碗清茶，靜坐了十幾分鐘，兩人的疲勞興奮，都已平復了過去，這時候飢餓卻抬起頭來了，於是就又催他們快點開飯。這一餐只我和她兩人對食的五雲山上的中餐，對於我正敵得過英國詩人所幻想著的亞力山大王❼的高宴，若講到心境的滿足，和諧，與食欲的高潮亢進，那恐怕亞力山大王還遠不及當時的我。

吃過午飯，管廟的和尚又領我們上前後左右去走了一圈。這五雲山，實在是高，立在廟中閣上，開窗向東北一望，湖上的群山，都像是青色的土堆了。本來西湖的山水的妙處，就在於它的比舞臺上的布景又真實偉大一點，而比各處的名山大川又同盆景似地整齊渺小一點這地方。而五雲山的氣概，卻又完全不同了。以其山之高與境的僻，一般腳力不健的遊人是不會到的，就在這一點上，五雲山已略備著名山的資格了，更何況前面遠處，蜿蜒盤曲在青山綠野之間的，是一條歷史上也著實有名的錢塘江水呢？所以若把西湖的山水，比作一隻鎖在鐵籠子裡的白熊來看，那這五雲山峰與錢塘江水，便是一隻深山的野鹿。籠裡的白熊，是只能滿足滿足膽怯無力者的冒險雄心的；至於深山的野鹿，雖沒有高原的獅虎那麼雄壯，但一股自由奔放之情，卻可以從它那裡攝取得來。

我們在五雲山的南面又看了一會錢塘江上的帆影與青山，就想動身上我們的歸路了，可是舉起頭來一望，太陽還在中天，只西偏了沒有幾分。從此地回去，路上若沒有耽擱，是不消兩個鐘頭就能到翁家山上的；本來是打算出來把一天光陰消磨過去的我們，回去得這樣的早，豈不是辜負了這大好的時間了麼？所以走到了五雲山西南角的一條狹路邊上的時候，我就又立了下來，拉著了她的手親親熱熱地問了她一聲：

「蓮，你還走得動走不動？」

「起碼三十里路總還可以走的。」

她說這句話的神氣，是富有著自信和決斷，一點也不帶些誇張賣弄的風情，真真是自然到了極點，所以使我看了不得不伸上手去，向她的下巴底下撥了一撥。她怕癢；縮著頭頸笑起來了，我也笑開了大口，對她說：

「讓我們索性上雲棲去罷！這一條是去雲棲的便道，大約走下去，總也沒有多少路的，你若是走不動的話，我可以背你。」

兩人笑著說著，似乎只轉瞬之間，已經把那條狹窄的下山便道走盡了大半了。山下面盡是些綠玻璃似的翠竹，西斜的太陽曬到了那條塢裡，一種又清新又寂靜的淡綠色的光同清水一樣，滿浸在這附近的空氣裡在流動。我們到了雲栖寺裡坐下，剛喝完了一碗茶，忽而前面的大殿上，有嘈雜的人聲起來了，接著就走進了兩位穿著分外寬大的黑布和尚衣的老僧來。知客僧❽便指著他們誇耀似地對我們說：

「這兩位高僧，是我們方丈的師兄，年紀都快八十歲了，是從城裡某公館裡回來的。」

城裡的某巨公，的確是一位佞佛的先鋒，他的名字，我本係也聽見過的，但我以為同和尚來談這些俗天，也不大相稱，所以就把話頭扯了開去，問和尚大殿上的嘈雜的人聲，是為什麼而起的。知客僧輕鄙似地笑了一笑說：

「還不是城裡的轎夫在敲酒錢，轎錢是公館裡付了來的，這些窮人心實在太凶。」

這一個伶俐世俗的知客僧的說話，我實在聽得有點厭起來了，所以就要求他說：

「你領我們上寺前寺後去走走罷？」

我們看過了「御碑」及許多石刻之後，穿出大殿，那幾個轎夫還在咕嚕著沒有起身。我一半也覺得走路走得太多了，一半也想給那個知客僧以一點顏色看看，所以就走了上去對轎夫說：

「我給你們兩塊錢一個人，你們抬我們兩人回翁家山去好不好？」

轎夫們喜歡極了，同打過嗎啡針後的鴉片嗜好者一樣，立時將態度一變，變得有說有笑了。

知客僧又陪我們到了寺外的修竹叢中，我看了竹上的或刻或寫在那裡的名字詩句之類，心裡倒有點奇怪起來，就問他這是什麼意思。於是他也同轎夫他們一樣，笑迷迷地對我說了一大串話。我聽了他的解釋，倒也覺得非常有趣，所以也就拿出了五圓紙幣，遞給了他，說：

「我們也來買兩枝竹放放生罷！」

說著我就向立在我旁邊的她看了一眼，她卻正同小孩子得到了新玩意兒還不敢去撫摸的一樣，微笑著靠近了我的身邊輕輕地問我：

「兩枝竹上，寫什麼名字好？」

「當然是一枝上寫你的，一枝上寫我的。」

她笑著搖搖頭說：

「不好，不好，寫名字也不好，兩個人分開了寫也不好。」

「那麼寫什麼呢？」

「只教把今天的事情寫上去就對。」

我靜立著想了一會，恰好那知客僧向寺裡去拿的油墨和筆也已經拿到了。我揀取了兩株並排著的大竹，提起筆來，就各寫上了「郁翁兄妹放生之竹」的八個字。將年月日寫完之後，我擱下了筆，回頭來問她這八個字怎麼樣，她真像是心花怒放似的笑著，不說話而盡在點頭。在綠竹之下的這一種她的無邪的憨態，又使我深深地，深深地受到了一個感動。

坐上轎子，向西向南的在竹蔭之下走了六七里坂道，出梵村，到閘口西首，從九溪口折入九溪十八澗的山坳，登楊梅嶺，到南高峰下的翁家山的時候，太陽已經懸在北高峰與天竺山的兩峰之間了。他們的屋裡，早已掛上了滿堂的燈彩，上面的一對紅燈，也已經點盡了一半的樣子。嫁妝似乎已經在新房裡擺好，客廳上看熱鬧的人，也早已散了。我們轎子一到，則生和她的娘，就笑著迎了出來。我付過轎錢，一踱進門檻，他娘就問我說：

「早晨拿出去的那枝手杖呢？」

我被她一問，方才想起，便只笑著搖搖頭對她慢聲的說：

「那一枝手杖麼——做了我的祭禮了。」

「做了你的祭禮？什麼祭禮？」則生驚疑似地問我。

「我們在獅子峰下，拜過天地，我已經和你妹妹結成了兄妹了。那一枝手杖，大約是忘記在那塊大岩石的旁邊的。」

正在這個時候，先下轎而上樓去換了衣服下來的他的妹妹，也嬉笑著，走到了我們的旁邊。則生聽了我的話後，就也笑著對他的妹妹說：

「蓮，你們真好！我們倒還沒有拜堂，而你和老郁，卻已經在獅子峰拜過天地了，並且還把我的一枝手杖忘掉，作了你們的祭禮。娘！你說這事情應怎麼罰罰他們？」

經他這一說，說得大家都笑了起來，我也情願自己認罰，就認定後日餪房[9]，算作是我一個人的東道[10]。

這一晚翁家請了媒人，及四五個近族的人來吃酒，我和新郎官，在下面奉陪。做媒人的那位中老鄉紳，身體雖則並不十分肥胖，但相貌態度，卻也是很富裕的樣子。我和他兩人乾杯，竟乾滿了十八九杯。因酒有點微醉，而日裡的路，也走得很多，所以這一晚睡得比前一晚還要沉熟。

九月十二的那一天結婚正日，大家整整忙了一天。婚禮雖係新舊合參的儀式，但因兩家都不喜歡鋪張，所以百事也還比較簡單。午後五時，新娘轎到，行過禮後，那位好好先生的媒人硬要拖我出來，代表來賓，說幾句話。我推辭不得，就先把我和則生在日本念書時候的交情說了一說，末了我就想起了則生同我說的遲桂花的好處，因而就抄了他的一段話來恭祝他們：

「則生前天對我說，桂花開得愈遲愈好，因為開得遲，所以經得日子久。現在兩位的結婚，比較起平常的結婚年齡來，似乎是覺得大一點了，但結婚結得遲，日子也一定經得久。明年遲桂花開的時候，我一定還要上翁家山來。我預先在這兒計算，大約明年來的時候，在這兩株遲桂花的中間，總已經有一株早桂花發出來了。我們大家且等著，等到明年這個時候，再一同來吃他們的早桂的喜酒。」

說完之後，大家就坐攏來吃喜酒。猜猜拳，鬧鬧房，一直鬧到了半夜，各人方才散去。當這一日的中間，我時時刻刻在注意著偷看則生的妹妹的臉色，可是則生所說而我也曾看到過的那一種悲寂的表情，在這一日當中卻終日沒有在她的臉上流露過一絲痕跡。這一日，她笑的時候，真是樂得難耐似的完全是很自然的樣子。因了她的這一種心情的反射的結果，我當然可以不必說，就是則生和他的母親，在這一日裡，也似乎是愉快到了極點。

因為兩家都喜歡簡單成事的緣故，所以三朝回郎等繁縟的禮節，都在十三那一天白天行完了，晚上餪房，總算是我的東道。則生雖則很希望我在他家裡多住幾日，可以和他及他的妹妹談談笑笑，但我一則因為還有一篇稿子沒有做成，想另外上一個更僻靜點的地方去做文章，二則我覺得我這一次吃喜酒的目的也已經達到了，所以在餪房的翌日，就離開翁家山去乘早上的特別快車趕回上海。

送我到車站的，是翁則生和他的妹妹兩個人。等開車的信號鐘將打，而火車的機關頭上在吐白煙的時候，我又從車窗裡伸出了兩手，一隻捏著了則生，一隻捏著了他的妹妹，很重很重的捏了一回。汽笛鳴後，火車微動了，他們兄妹倆又隨車前走了許多步，我也俯出了頭，叫他們說：

「則生！蓮！再見，再見！但願得我們都是遲桂花！」

火車開出了老遠老遠，月臺上送客的人都回去了，我還看見他們兄妹倆直立在東面月臺篷外的太陽光裡，在向我揮手。

一九三二年十月在杭州寫

讀者注意！這小說中的人物事跡，當然都是虛擬的，請大家不要誤會。

——作者附著

注釋

❶丁令威　典出晉陶潛《搜神後記》卷一：「丁令威本遼東人，學道於靈虛山，後化鶴歸遼，集城門華表柱。時有少年舉弓欲射之，鶴乃飛，徘徊空中而言曰：有鳥有鳥丁令威，去家千年今始歸，城廓如故人民非，何不學仙冢壘壘。遂高上沖天，今遼東諸丁云其先世有仙者，但不知名耳。」後世詩文常以丁令威、化鶴、遼鶴等比喻學道成仙或人世滄桑。

❷南遷　郁達夫最早的短篇作品之一，收入他的第一本小說集《沉淪》，一九二一年十月十五日由上海泰東書局出版。故事寫一九二〇年春，中國留學生伊人因病經人介紹從東京到鄉下休養，寄住於房州的基督徒C夫人處，遇見同是基督徒的K君、O女等，O女也是一位沒有希望了的年輕病患，伊人卻對她產生似有若無的情愫。小說結束之際，伊人並未康復，反而形同槁木般的蠟人。〈南遷〉中的O女，應即〈遲桂花〉中的真砂子。

❸扒灰　或作「爬灰」，俗謂與媳婦通姦者。《常談叢錄》：「俗以淫於子婦者為扒灰。蓋汙媳之隱語，膝媳音同，扒行灰上，則膝汙也。」

❹G. White　即 Gilbert White (1720–1793)，出生於英國罕普夏之賽兒鵬 (Selborne)，後成為牛津學者 (fellow)，但大部分時間居住於家鄉，擔任博物館館長。*Natural History and Antiquities of Selborne* 一書是他以一七六七年起和兩位傑出的自然科學家 Thomas Pennant (1726–1798)

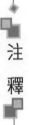

和 Daines Barrington (1727–1800) 往來的書信為基礎，加上他對野生動植物的詳細觀察、對自然景物的描繪而成。書出版於一七八八年，一再重印，成為自然科學的經典之作，達爾文 (Charles Robert Darwin, 1809–1882) 童年時即曾沉迷於此書。

❺Jensen　全名威廉・延生 (Wilhelm Jensen, 1837–1911)，德國作家，作品極多，包括《一個春日午後》(*Ein Frühlingsnachmitag*)、《在春天的林中》(*Im Frühlingswald*)、《野蠻血統》(*Hunnenblut*)、《炎陽下》(*Unter heisserer Sonne*)、《菩提樹下》(*Unter der Linde*)、《向風與背風》(*Luv und lee*)。

❻Hodson　全名威廉・哈特生 (William Henry Hodson, 1841–1922)，英國小說家，《綠陰》原名 *Green Mansions: A Romance of Tropical Forest*，好萊塢曾將之改編為電影，由奧黛莉赫本主演。

❼亞力山大王　即 Alexander the Great (356–323 B.C.)，馬其頓和奧林匹亞王菲力浦二世之子，受教於亞里士多德 (Aristotle, 384–322 B.C.)，西元前三三六年其父遇刺後襲位，旋即領導希臘城邦於西元前三三四年攻克波斯，擒獲波斯國王大流士 (Darius)，並遠征埃及，建立亞力山卓城，揮軍印度。亞力山大在征途中娶了戰俘巴克西亞 (Bactria) 王子之女為妻，並納大流士之女為妾，他以三十二歲的英年病死於巴比倫。

❽知客僧　佛寺中專管接待賓客的僧人。唐懷海《敕修百丈清規・兩序章》：「知客，執典賓客。」

❾餪房　結婚前宴請新夫婦，謂之餪房。餪，音ㄋㄨㄢˇ。黃侃《論學雜著・蘄春語》：「昏期前夕之宴，曰餪房。」

❿東道　即東道主或東道主人之省稱，典出《左傳》僖公三十年：「燭之武見秦伯曰：若舍鄭，以為東道主，行李之往來，共其乏困，君亦無所害。」蓋秦晉圍鄭，燭之武勸秦捨鄭以為東道主，因鄭在秦之東，故云。後來轉為宴客之主人稱東道主。

賞析

本篇最初發表於一九三二年十二月一日《現代》第二卷第二期。〈遲桂花〉寫於一九三二年，距郁達夫第一篇小說〈銀灰色的死〉已有十二年，距最後一篇〈出奔〉正好三年，應屬於後期的作品。郁達夫小說整體風格雖不出浪漫抒情，但後期之作已脫離早年的病態頹廢，轉向詩意化與對自然的回歸，〈遲桂花〉可謂這種詩意抒情的代表作。

如同郁達夫的其他小說，〈遲桂花〉並沒有傳統小說注重情節的特性，也不著重戲劇性的場面或事件的衝突、高潮，人物刻畫、性格亦不突出或具有典型性。它仍然維持郁氏小說注重情感抒發和情緒描寫的一貫風格。所不同的是，故事中主人翁對翁則生寡妹翁蓮的情慾，被大自然淨化了，兩人因此結拜為兄妹，小說因此帶有了作者尋求純真、返回自然的審美理想，也呈現給讀者一種詩意的意境，這是因為郁達夫在一九三二年十月曾避居杭州養病，閒時常至附近之翁家山、南高峰漫遊。據郁氏《滄州日記》十月七日載，當日在南高峰「忽而一陣香氣吹來，有點使人興奮，似乎要觸發性欲的樣子，桂花香氣，亦何嘗不暗而豔」。當下便決定寫一篇小說，題為〈遲桂花〉，不到半月，小說完成，郁氏自足的說，該篇是「今年作品中的佳作」。

由郁氏的日記可知，〈遲桂花〉之作，有他對自然的遊賞經驗在內，所以他能把人物感情和自然環境融合在一起，自然風景的描寫成了小說的重要成分，翁家山的幽冥，晚鐘的餘韻，月色樹影，碧湖輕霧，更重要的是隨處飄蕩的晚桂香氣，使小說充滿清麗優雅的詩意，這是評論者視郁氏之作為「詩化的小說」之原因所在了。

郁氏小說的詩化傾向，也可由〈遲桂花〉之作，是先有詩後有小說見證一斑，郁氏十月七日遊南高峰，八日成詩一首云：「病肺年來慣出家，老龍井上煮桑芽。五更衾薄寒難耐，九月秋遲桂始花。香暗時挑閨裡夢，眼明不吃雨前茶。題詩報與朝雲道，玉局參禪興正賒。」而《水明樓日記》載，〈遲桂花〉完成於十月二十日。

可見小說所要表現的，正是郁氏七言律詩中傳達的意境。小說中主人翁愛慕翁蓮，如同桂花「香暗時挑閨裡夢」，但兩人昇華情慾，不就是「眼明不吃雨前茶」嗎？〈遲桂花〉小說的核心哲理，已為這首七律先行道出。

故事中，郁達夫以秋桂雖遲花，但香氣耐久來比喻翁則生晚來的婚姻，將人生與自然結合，具體描繪了人對美好事物的追求與堅持，尤其小說的結尾「但願得我們都是遲桂花」的祝願，表現了郁達夫少有的對美好生活的嚮往和信念，可謂難能可貴，在郁氏作品中並不多見。

郁達夫年表

一八九六年十二月七日（農曆十一月初三） 生於浙江省富陽縣

本名文，幼名蔭生，字達夫。祖上相傳為宋朝太醫院尹，宋室南遷，隨宮廷來到杭州，後定居富陽。

父親郁企曾，幼名士賢，六歲喪父，由母親撫育成人。早年曾在縣城設塾授課兼行中醫，後任富陽縣衙戶房司事，經辦房屋田地的登記、過戶等事項。因家累沉重，積勞成疾，郁父在達夫五歲時辭世，時為一九〇〇年，得年三十八。

母親陸氏，育有子女四人，達夫最小。長兄名華，學名慶雲，幼名廉生，字曼陀（一八八四—一九三九），清末以官費留學，畢業於東京法政大學法律科，回國後任職司法界，抗戰時為日軍特務暗殺於上海，中共建國後，與郁達夫同被追贈為烈士。二兄名浩，幼名浩生，字養吾（一八九一—一九七一），國立北京醫專畢業，曾在海軍部工作，後回鄉行醫。姐姐名鳳珍（一八九四－一九二〇），因家境困窘，七歲時送給富陽鄉間環山的葉有耀為童養媳。

一九〇三年　八歲
開筆入私塾讀書，師事葛寶哉，後改入魁星閣私塾，師事張惠卿，啟蒙讀《三字經》、《百家姓》、《千字文》。

一九〇四年　九歲
入公立書塾春江書院，漸露詩才。

一九〇八年　十三歲
入富陽縣立高等小學堂，為新式洋學，國學之外尚教授英文與數學。郁達夫因成績優異，入學一年即獲准跳級。

一九一一年　十六歲
考入杭州府中學，由於費用不足，轉而投考學費較便宜之嘉興府中學，不到半年，因病休學。因考慮嘉興路途太遠，又轉入杭州府中學，和徐志摩同班並同住於學生宿舍。中學期間，經常發表舊體詩於《兩浙公報》、《之江日報》和上海的《神州日報》。這一年因全國革命風潮，杭州各校相繼停學，郁達夫遂回鄉自學，苦讀英文及《資治通鑑》、《唐宋詩文醇》。

一九一二年　十七歲

九月，入美國長老教會之江大學讀書，因參加學潮被開除。

一九一三年　十八歲

春，進入美國浸信會蕙蘭中學，三個月後因無法忍受學校紹興籍教務長的管束，再次休學。九月下旬，因長兄郁曼陀奉命赴日本考察司法制度，隨兄經上海赴日，遊歷長崎、神戶、大阪、京都、名古屋等地；十一月入東京神田正則學校補習中學功課，晚間則在夜校學習日語。由於用功過度，為神經衰弱症所苦。

一九一四年　十九歲

七月，參加東京第一高等學校的招生考試，順利錄取，依規定可享中國政府的留學生公費，同時考入者尚有郭沫若、張資平。郁達夫先考入文科，在高校預科學習一年，後因長兄勸說，預科畢業後轉入醫科就讀。

一九一五年　二十歲

預科畢業，申請入名古屋第八高等學校醫科。

一九一六年　二十一歲

二月，因神經衰弱症遷離學生宿舍，另租樓房休養，八月病始好轉。九月因與長兄發生爭執，放棄長兄建議的醫科，轉回文科。就讀醫科期間，因必須修習德語，奠定了此後精通德語的基礎。長兄曼陀留學日本期間，結交許多漢文詩友，郁達夫來日後亦與他們時相往來，此年春，又新識《新愛知新聞》漢詩欄主編服部擔風（一八六七—一九六四），加入其佩蘭吟社，並於漢詩欄發表許多舊體詩。

一九一七年　二十二歲

六月，回國省親。八月，奉母命與孫荃（一八九七—一九七八）訂婚，孫氏小郁達夫一歲。其父孫孝貞熟習經書，頗有資產，為富陽士紳，孫荃在父兄影響下，亦擅詩文。九月，返回日本。

一九一八年　二十三歲

春假遊歷京都、湯山溫泉等地。五月，留日學生因反對中日軍事協定而罷課，郁達夫亦加入響應。六月，因經濟困難，至東京打工。

一九一九年　二十四歲

六月，畢業於名古屋第八高校文科法學部。八月，接受長兄勸說，回國參加北京政府之外交官與高等文官考試，均未錄取，十一月，從上海返日本，隨即入東京帝國大學經濟學部深造。

一九二〇年　二十五歲

春，與郭沫若、張資平、成仿吾、田漢等籌劃文學刊物，組織團體，是為創造社之先聲。七月，奉母命回國與孫荃完婚，後生三子二女，長子龍兒（一九二二—一九二六）、長女潔民（又名黎民，一九二五—？），次子天民（一九二六—？）、次女正民（一九二七—？）。九月，返回東京。本年始與日本作家佐藤春夫交往。

一九二一年　二十六歲

三月，成仿吾獲邀擔任上海泰東書局文學部主任，與郭沫若返國，郭向經理趙南公提出出版刊物之構想獲允，因於六月再去日本，與郁達夫、何畏、徐祖正商議，同意以「創造」為名，出版季刊。九月，郁達夫回到上海，接任編務，鄭伯奇亦自京都返國幫忙。十月，郁赴安慶法政學校任英文科主任。十月十五日，小說集《沉淪》由泰東書局出版，收〈沉淪〉、〈南遷〉、〈銀灰色的死〉三篇小說，並有自序，是為中國現代文學史上第一本小說集。

一九二二年　二十七歲

二月，作短篇小說〈茫茫夜〉。三月一日，自上海赴日參加帝國大學畢業考，月底獲帝大經濟學士學位。五月一日，返抵上海，代表留學生向政府請願增加公費，六月三日再赴東京，擬進帝大文學部就讀，後因郭沫若等人希望他回國主持創造社，安慶法政學校亦催其繼續任教，郁因於七月二十日返國，結束十年留學生涯。八月五日，創造社紀念郭沫若《女神》詩集出版一年，於一品香旅社集會，並邀請文學研究會之沈雁冰、鄭振鐸、謝六逸、廬隱出席，以團結新文學作家。九月，《創造》季刊一卷二期出版，刊登郁在東京的隨筆〈夕陽樓日記〉，文中指出余家菊翻譯德國威鏗《人生之意義與價值》之錯誤，引起創造社與胡適之間的一場筆戰。十一月，創作小說〈采石磯〉。

一九二三年　二十八歲

二月，辭去安慶法政學校教職返上海，送夫人及龍兒回富陽老家，獨自赴北京長兄家小住，結識魯迅、周作人兄弟。三月十七日，祖母戴氏病逝，享年八十六，郁自北京回原籍奔喪。四月，至上海擔任創造社編務，同時共事者有郭沫若、成仿吾。五月，《創造》週報創刊。十月，由於泰東書局並不支付薪水，郁生活困窘，不得已赴北京大學擔任統計學講師。十一月，張季鸞主持的《中華新報》上每日見報之〈創造日〉停刊，計自七月二十一日起至十一月二日止共刊一百零二期。

本年之作品有：四月之〈蔦蘿行〉、七月之〈春風沉醉的晚上〉、十月之〈離散之前〉、〈海上通信〉及小說散文合集之《蔦蘿集》，內收〈血淚〉、〈蔦蘿行〉、〈還鄉記〉。

一九二四年　二十九歲

二月，《創造》季刊於出版六期後停刊。五月，《創造》週報亦在出版五十二期後停刊。八月，周全平等人整理餘刊，出版《洪水》週刊，只出一期。十一月，在北京結識沈從文。

本年重要作品有：八月之〈薄奠〉、十一月之〈給一位文學青年的公開狀〉。

一九二五年　三十歲

二月，離京赴武昌師範大學任文科教授。五月，自武昌到北京看望因婆媳不和而寄住長兄家的妻子。六月，為妻兒在什剎海北岸租屋。九月，《洪水》復刊，改為半月刊，郁同月返武昌，但因守舊派的排擠，旋於十一月離職回上海，籌劃成立創造社出版部。十二月，入杭州肺病療養院。

本年寫有：兩篇短篇〈寒宵〉、〈街燈〉，散文數篇。出版教學講稿《小說論》、《戲劇論》、《文學概論》。

一九二六年　三十一歲

二月，參與編輯《創造》月刊。三月，創造社出版部成立。《創造》月刊創刊號出版，並接編原光華書局出版之《洪水》半月刊。三月，與郭沫若、王獨清共赴廣州，郭任廣州大學文科學長，郁任英文系主任。六月，因龍兒在北京患腦膜炎，經上海走北京探視，抵家時，長子已歿。郁喪子之痛，盡見諸〈一個人在途上〉一文。十月，回廣州，廣東大學已改為中山大學，郁改任法科教授兼出版部主任。十一月底，因上海創造社無人負責，辭中山大學教職返上海整頓社務。
本年著作：三月有小說〈煙影〉、四月有散文〈南行雜記〉、十月有〈一個人在途上〉、十一月有〈勞生日記〉、十二月有〈病閑日記〉。

一九二七年　三十二歲

一月十四日，在友人孫百剛家認識王映霞（一九〇七—二〇〇〇），陷入熱戀。十六日，發表〈廣州事情〉，批評國民黨。四月十八日南京國民政府成立前，當局邀其接收東南大學，為郁所拒，五月二十九日，國民黨當局搜查創造社，逮捕職工。六月五日，在杭州聚豐園宴請親友，與王映霞訂婚。八月，因創造社同志指責其發表政論文章賈禍，宣布退出創造社。九月，《民眾》旬刊創刊，擔任主編。十月，歡宴由廣州來上海之魯迅。
本年著作：一月有小說〈過去〉、〈清冷的午後〉、七月有小說〈考試〉、八月有小說〈祈願〉、十一月有小說〈二詩人〉、十二月有小說〈迷羊〉。本年並有譯文、雜文、日記多種，創造社出版部且為其出版《郁達夫全集》三卷。

一九二八年　三十三歲

二月，與王映霞結婚，生子郁飛（幼名陽春，一九二九—?）、郁雲（幼名殿春，一九三一—?）、郁亮（幼名耀春，一九三三—一九三五）、郁荀（幼名建春，一九三六—?）。六月，與魯迅創刊《奔流》月刊，共出十二期，次年十二月停刊。九月，創刊《大眾文藝》月刊。十月，與錢杏邨合編中國革命濟難會辦之《白華》半月刊創刊號。

本年著作：三月有小說〈到街頭〉，九月有小說〈盂蘭盆會〉，十一月有散文〈感傷的行旅〉。另全集第四卷《奇零集》由上海開明書店出版，《達夫代表作》由上海春野書店出版，全集第五卷《敝帚集》由上海北新書局出版。

一九二九年　三十四歲

一月，《創造》月刊停刊，共出十八期，二月，創造出版社被查封。九月，應邀至安慶安徽大學任文科教授，因被教育廳列入赤化分子，匆促於次年元月逃返上海。十二月，《奔流》停刊。

本年著作：一月有小說〈在寒風裡〉，六月，小說散文合集《在寒風裡》由廈門文藝書社出版。

一九三〇年　三十五歲

三月二日，左翼作家聯盟在上海成立，郁為發起人之一。十一月十六日，左聯第四次全會決議開除反動分子郁達夫。

本年著作：七月有小說〈紙幣的跳躍〉，八月有〈楊梅燒酒〉，十一月有〈十三夜〉。另譯文、雜文多種。四月譯文集《小家之伍》由上海北新書局出版，十二月，全集第六卷《薇蕨集》亦由北新出版。

一九三一年　三十六歲

一月，左聯作家胡也頻等五人被捕，郁亦受威脅，離滬去杭州、富陽等地避難。秋，赴北京小住，十二月，參加上海文化界反帝抗日大聯盟。

本年著作：十二月有散文〈志摩在回憶裡〉、〈懺餘獨白〉。

一九三二年　三十七歲

二月，與魯迅、茅盾等聯名發表告世界書，譴責日本一二八侵滬戰爭。九月，出席林語堂編《論語》第一次編輯會議，此後經常為其撰稿。十月，赴杭州療養肺病，十二月始返上海。

本年著作：三月有小說〈她是一個弱女子〉、六月有〈馬纓花開的時候〉、九月有〈東梓關〉、十月有〈遲桂花〉、〈碧浪湖的秋夜〉、十二月有〈瓢兒和尚〉。散文則有〈釣台的春晝〉、〈滬戰中的生活〉，另有〈滄州日記〉、〈水明樓日記〉及雜文多種。

一九三三年　三十八歲

一月，加入蔡元培、宋慶齡、魯迅等人於去年十二月發起的「中國民權保障同盟」，並於三月十八日被選為該同盟上海分會執行委員。四月二十五日，移家杭州，寓居浙江省圖書館附近之大學路場官弄。六月，楊杏佛被國民黨殺害，作詩弔之。七月，鄭振鐸、傅東華主編之《文學》月刊創刊，與魯迅、茅盾同任編輯委員。十一月，應杭江鐵路局之邀，遊覽浙東名勝，寫下許多紀遊散文。

本年著作：五月有小說〈遲暮〉、十一、十二月有〈杭江小歷紀程〉、〈方岩紀靜〉、〈爛柯紀夢〉、〈仙霞紀險〉、〈冰川紀秀〉等遊記。本年有論文、雜文、講稿共六十多篇。二月出版小說散文合集《懺餘集》，三月出版《達夫自選集》第二本，皆由上海天馬出版社梓行。八月，全集第七卷《斷殘集》由上海北新書局出版。十二月，《她是一個弱女子》改名《饒了她》由上海現代書局出版。

一九三四年　三十九歲

三月，應東南五省周覽會之請，遊浙西、安徽各大名山。七月，偕王映霞抵上海，轉遊青島、濟南、北京等地名勝，至九月九日始返杭州。十月二十二日，遊覽桐君山、天台山、雁蕩山等浙江名勝，至月底回杭。

本年著作：本年主要作品是記遊散文，如〈西遊日錄〉、〈南遊日記〉、〈兩浙漫遊後記〉等。十月，應《人間世》半月刊之邀，開始撰寫自傳，有〈悲劇的出生〉、〈我的夢、我的青春〉二文。

一九三五年　四十歲

一月，應上海良友圖書公司之邀，編選《中國新文學大系・散文二集》。七月，應鄭振鐸之請，出任上海暨南大學文學院日本史教授，因教育部長王世傑以生活浪漫為由作梗而未果。

本年著作：以遊記及散文、自傳為主，二月有小說〈唯命論者〉、九月的〈出奔〉為最後一篇小說作品。七月，《達夫日記集》由上海北新書局出版，十月，同一書局出版《達夫短篇小說集》。

一九三六年　四十一歲

二月，應福建省主席陳儀之邀，訪問福州，並受聘為福建省參議。三月，在福建作多次演講。四月，杭州新居「風雨茅廬」落成，於月底返杭，六月九日復到福州，被任命為省府公報室主任。十月十九日，魯迅病逝上海，去電弔唁，隨赴上海送葬。十一月，赴日本為福建省府採購印刷機，會見日本作家武者小路實篤、佐藤春夫，並訪問郭沫若，至十二月十九日離日轉往臺灣，三十日抵達廈門。

本年著作：以遊閩散文為主，十月有〈懷魯迅〉之作。

一九三七年　四十二歲

一月四日，返抵福州，三月中，王映霞來福州小住。七月，到上海迎接郭沫若回國，八月十一日啟程返福州。

本年著作：以雜文為主，散文僅〈福州的西湖〉一、二篇而已。

一九三八年　四十三歲

三月底，應郭沫若之邀，參加武漢軍委會政治部之工作，任設計委員，並任全國文藝界抗敵協會理事。四月，代表政治部至徐州、臺兒莊等地勞軍。六月，至浙東、皖南視察戰務。七月五日，在漢口大公報刊登〈尋人啟事〉，與王映霞感情裂痕因而公開，十日，經友人調解，在大公報刊登啟事，向王映霞道歉，緊接著與王映霞避居漢壽，希望重歸舊好。九月下旬，因陳儀之召再赴福州，十二月，王映霞來福州相聚。隨之應《星洲日報》之請，取道香港共赴星國。

本年著作：以雜文及政論文章為多，散文有〈回憶魯迅〉。

一九三九年　四十四歲

一月，任《星洲日報》副刊主編兼編《星檳日報》文藝雙週刊。三月五日，在香港《大風》旬刊發表〈毀家詩紀〉，指王映霞外遇。四月十五日，王在《大風》刊出〈一封長信的開始〉反駁，兩人感情裂痕加深。六月，編輯《星洲日報》半月刊之星洲文藝專欄。

本年著作：以雜文為主，散文有〈覆車小記〉及〈回憶魯迅〉續篇。

一九四〇年　四十五歲

三月，與王映霞離婚，王隨於五月返國。秋，結識新加坡英政府情報部職員李筱瑛，不久同居。

本年著作：有雜文、論文及隨筆多篇。

一九四一年　四十六歲

一月，參加《星洲日報》同仁旅遊團，到馬來西亞北部遊覽。四月，主編英政府情報部之《華僑週報》。十一月九日，出席星馬各界追悼許地山大會。

本年著作：以隨筆、雜文為主，有〈敬悼許地山先生〉、〈寫在郭沫若五十誕辰之前〉。

一九四二年　四十七歲

一月，出任星華抗敵聯合會主席，二月，日軍占領新加坡，逃難至印尼蘇門答臘，續至小島望嘉麗。四月，化名趙廉，轉到蘇門答臘之西部小鎮巴爺公務。六月，被日軍強徵為武吉丁宜憲兵隊通譯。九月一日，在華僑資助下，開設趙豫記酒廠。

一九四三年　四十八歲

二月，以患肺病為由辭憲兵隊通譯，又籌資開設造紙廠和肥皂廠。九月十五日，與華僑之女何麗有（陳蓮有，一九二二—？），在巴東結婚，生子大雅（後名大亞，一九四四—？），女美蘭（後名梅蘭，一九四五—？）。

一九四四年　四十九歲

二月，因被人密告，真實身分為日軍知悉，行動受到監視。

一九四五年　五十歲

八月十六日，從廣播中得知日本投降，暗組歡迎聯軍籌備會。八月二十九日，被日軍逮捕，隔天，女兒美蘭出生。九月間，為日軍所害，棄屍於武吉丁宜郊外。

國家圖書館出版品預行編目資料

郁達夫／范銘如主編;蔡振念編著.——初版一刷.
——臺北市：三民，2006
面；　公分.——(二十世紀文學名家大賞／06)

ISBN 957-14-4530-4　(平裝)

848.5　　95007230

三民網路書店　http://www.sanmin.com.tw

主編者　范銘如
編著者　蔡振念
發行人　劉振強
著作財產權人　三民書局股份有限公司
臺北市復興北路386號
發行所　三民書局股份有限公司
地址／臺北市復興北路386號
電話／(02)25006600
郵撥／0009998-5
印刷所　三民書局股份有限公司
門市部　復北店／臺北市復興北路386號
重南店／臺北市重慶南路一段61號
初版一刷　2006年5月
編　號　S 833380
基本定價　參元捌角
行政院新聞局登記證局版臺業字第〇二〇〇號

ISBN　957-14-4530-4　(平裝)